KB004738

뒤라스의 그곳들

Les Lieux de Margeurite Duras

by Marguerite Duras & Michelle Porte

Copyright ⓒ Les Editions de Minuit. Paris, 1978
Korean Translation Copyright ⓒ Mujintree Publishing Co. Ltd, 2023
All rights reserved.

This Korean edition was published by arrangement with Les Editions de
Minuit (Paris) through Bestun Korea Agency Co., Seoul.

이 책의 한국어판 저작권은 베스툰 코리아 에이전시를 통해 저작권자와의 독점계약
으로 ㈜뮤진트리에 있습니다. 저작권법에 의해 한국 내에서 보호를 받는 저작물이므로
무단전제와 무단복제를 금합니다.

마르그리트 뒤라스·미셸 포르트 지음 | 백선희 옮김

Les lieux de Marguerite Duras

뒤라스의 그곳들

mu∫intree
뮤진트리

이 책은 프랑스 국립영상원Institut national de l'audiovisuel에서 제작하고 1976년 5월 TF1 채널에서 방영한 2부작 텔레비전 프로그램 〈마르그리트 뒤라스의 장소들〉을 위해 진행된 인터뷰를 토대로 만들어졌다.

▪ 일러두기

- 이 책은 Marguerite Duras & Michelle Porte의 《Les Lieux de Marguerite Duras》(Les Editions de Minuit, 1978)를 우리말로 옮긴 것이다.
- 본문 하단의 주석은 모두 옮긴이주다.
- 단행본은 《 》로, 영화·잡지·단편·신문 등은 〈 〉로 표기했다

1

마르그리트 뒤라스:

이 집, 이 정원에 대해서라면 몇 시간이고 말할 수 있어요. 모든 걸 알지요. 옛 문들의 자리를 알고, 연못의 담장도 알고, 모든 식물을, 모든 식물이 어디에 있었는지도 알아요. 심지어 야생 식물들이 자라던 자리까지 압니다. 전부요.

Je fais des films pour occuper mon temps. Si j'avais la force de ne rien faire je ne ferais rien. C'est parce que je n'ai pas la force de ne m'occuper à rien que je fais des films. Pour aucune autre raison. C'est là le plus vrai de tout ce que je peux dire sur mon entreprise.

Duras

"나는 시간을 채우려고 영화를 만든다. 아무것도 하지 않을 힘만 있다면 아무것도 하지 않을 것이다. 아무것도 하지 않을 힘이 없어서 영화를 만든다. 다른 이유는 없다. 이것이 나의 시도에 대해 내가 할 수 있는 말 중 가장 진실한 말이다."

미셸 포르트:

마르그리트 뒤라스, 이런 글을 쓰신 적 있지요 "나는 시간을 채우려고 영화를 만든다. 아무것도 하지 않을 힘만 있다면 아무것도 하지 않을 것이다. 아무것도 하지 않을 힘이 없어서 영화를 만든다. 다른 이유는 없다. 이것이 나의 시도에 대해 내가 할 수 있는 말 중 가장 진실한 말이다."

M. D. :

사실입니다.

M. P. :

그럼 똑같이 이렇게 말할 수도 있을까요? 아무것도 하지 않을 힘이 없어서 책을 쓴다고요?

M. D. :

책을 쓸 때는 그런 것 같지 않아요. 오히려 책 쓰기를 그만두었을 때 그런 상태였지요. 매일 쓰던 글을 그만두고 영화를 만들 때 그랬다는 겁니다. 다만 글쓰기를 그만두었을 때, 네, 그만두었더랬죠…. 그러니까 뭐랄까… 내게 일어난 가장 중요한 일을… 다시 말해 글쓰는 일을 그만두었을 때 그랬지요. 그런데 애초에 내가 어떤 이유로 글을 쓰게 되었는지 지금은 알지 못합니다. 어쩌면 그때의 이유와 이런 이유가 같은 건지도 모르겠네요. 모든 사람이 글을 쓰지는 않는다는 점이 나로선 놀라워요. 나는 글을 쓰지 않는 사람들에게 은밀한 감탄을 품고 있어요. 그리고 물론 영화를 만들지 않는 사람들에게도 그렇고요.

M. P. :

선생님의 영화 대부분이 외부와 단절된 집 안에서 진행되지요.

M. D. :

네, 바로 여기, 이 집에서죠. 매번 여기 있을 때마다 영화를 찍고 싶어져요. 한 장소가 이런 힘을 가질 수 있으리라고는 한 번도 생각해보지 못했어요. 내 책에 등장하는 모든 여자가 이 집에 살았어요. 모두가.

장소들에 머물러 사는 건 여자들뿐이에요. 남자들은 그러지 못하죠. 이 집엔 롤 베 스타인, 안 마리 스트레테르, 이자벨 그랑제, 나탈리 그랑제가 살았고, 그 외 온갖 여성들이 살았습니다. 그래서인지 이따금 이곳에 들어설 때면 여자들로 북적이는 느낌이 들어요. 나 역시 이 집에서 살았지요. 이곳이 내가 세상에서 가장 오래 살았던 장소일 겁니다. 내가 다른 여자들의 얘기를 할 때 그 다른 여자들에 나도 포함된다고 생각해요. 마치 그 여자들과 내가 다공성을 타고난 것처럼 말이지요. 여자들이 잠겨 있는 시간은 말들이 있기 이전, 인간 이전의 시간이에요.

사물을 명명할 수 없을 때 남자는 몰락하고, 불행에 빠지고 갈피를 잃지요. 남자는 말하고 싶어 병이 납니다. 여자들은 그렇지 않아요. 내가 여기서 보는 여자들은 모두 우선 입을 다물지요. 나중에야 어떻게 될지 모르겠지만 우선은 입부터 다물어요. 오래도록 말이지요. 여자들은 마치 벽 속에 낀 것처럼 방 속에, 방의 사물들 속에 틀어박히지요. 나는 이 방에 있을 때면 어떤 질서를 조금도 흐트러뜨리지 않는다는 느낌이 듭니다. 마치 방 자체가, 장소 자체가 내가 여기 있다는 사실을, 한 여자가 여기 있다는 사실을 알아차리지 못하는 것 같아요. 방은 이미 제자리를 차지하고 있으니까요. 어쩌면 내가 장소의 침묵에 대해 말하는 건지도 모르겠네요.

미슐레[1]는 마녀들이 바로 그렇게 생겨났다고 말합니다. 중세 때 남자들이 영주의 전쟁이나 십자군 전쟁에

나가 있는 동안 시골의 여자들은 완전히 홀로 숲속에서,
오두막에서 몇 달이고 고립된 채 남아, 지금 우리로서는
상상하기 힘든 고독이 뼈에 사무쳐 나무들에게, 식물들
에게, 야생동물들에게 말을 건네기 시작했다지요. 다시

---

1) 쥘 미슐레(1798~1874), 19세기 프랑스를 대표하는 역사가.

말해, 뭐랄까요, 자연과 소통하는 재능을 찾아낸 거죠. 아니 되찾아낸 겁니다. 선사시대까지 거슬러 올라갈 재능과 다시 이어졌던 거지요. 사람들은 그런 여자들을 마녀라고 불렀고, 불태워 죽였습니다. 그 수가 백 만이나 되었다고 하지요. 중세부터 르네상스 시대 초기까지. 17세기까지도 여자들을 불태워 죽였지요.

M. P. :

작가님의 영화와 책에서 만나는 여자들이 바로 그런 여자들인가요? 〈나탈리 그랑제〉의 여자, 그러니까 이자벨 그랑제, 〈대서양의 해변들〉[2]의 엘리자베트 알리온과 베라 박스터는 어떤 면에서 미슐레가 말하는 마녀들이 아닌가요?

M. D. :

우리 여자들은 여전히 그런 처지에 놓여 있어요…. 아직 그래요. 그대로예요. 사실 달라진 게 없어요. 나는 이 집, 이 정원에 있어요. 남자들이라면 절대로 한 거주지, 한 장소와 맺지 못할 관계를 나는 맺고 있지요.

---

2) 1977년 영화 〈박스터, 베라 박스터Baxter, Véra Baxter〉의 처음 제목.

M. P. :

작가님의 거의 모든 영화에서 집, 공원, 숲의 닫힌
구역을 만나게 되더군요.

M. D. :

그렇습니다. 숲은 공원과 이어지죠. 공원은 숲의 시

작이에요. 공원이 숲을 알리지요. 〈파괴하라Détruire〉[3]에도 공원이 하나 있고, 〈인디아 송India Song〉에도, 〈나탈리 그랑제Nathalie Granger〉에도 공원이 하나 있어요. 〈노란 태양Jaune le Soleil〉에는 검은 공원이 하나 있고, 거기엔 유대인들의 개들이 있지요. 숲은 금기입니다. 다시 말해 〈노란 태양〉의 그 숲이 무엇인지 난 정확히 알지 못해요. 그걸 나는 유랑의 숲, 유대인들의 숲이라고 불러요. 그 숲과 사람들이 겁내는 〈파괴하라〉의 숲이 어떤 관계인지도 모릅니다. 일부 부르주아 계층 사람들이 겁내고, 남자들이 겁내어 파괴하는 숲 말이지요. 우리는 숲속에 끼어들고, 살며시 잠입하지요. 남자들은 사냥하려고 숲을 찾아요. 제재하고 감시하려고요.

M. P. :

영화 〈나탈리 그랑제〉에 대해 이렇게 말씀하신 적이 있습니다. 내가 〈나탈리 그랑제〉에서 특히 보는 건 영화보다 먼저, 집이다, 라고요.

---

3) 1969년 책으로 출간되고 같은 해에 영화로 만들어진 〈파괴하라, 그녀는 말한다Détruire, dit-elle〉를 가리킨다.

M. D. :

그렇습니다. 이곳에 머물다 보니 어쩌면 집이 내게는 용기用器처럼 보였던 모양입니다. 그래요. 내가 여기서 표현하는 건 하나의 심상이지 생각이 아니에요. 우리는 집을 은신하는 장소로, 안도감을 찾아 오는 장소로 볼 수 있지요. 그런데 나는 이곳 역시 다른 곳을 향해 닫힌 영역이라고 생각합니다. 그렇습니다. 안전, 안도, 가족, 가정의 포근함 등, 우리가 아는 이 모든 것과는 다른 일도 일어나지요. 집에는 가족에 대한 혐오도, 도피 욕구, 자살의 온갖 심기도 새겨져 있어요. 그 모든 것이 집입니다. 기이하게도 으레 사람들은 죽기 위해 자기 집으로 돌아갑니다. 사람들은 집에서 죽고 싶어 하지요. 어떤 무기력 상태에 처할 때 모두 자기 집으로 돌아가고 싶어 합니다. 집은 불가사의한 장소예요…. 요즘 도시 사람들은 집이란 게 뭔지를 아는지 모르겠어요. 어쨌든 나는 이 집으로 집을 발견했지요. 도르도뉴 지역에 집이 한 채 있었는데, 내가 여섯 살 때 어머니가 그 집을 팔았어요…. 아버지가 공무원이어서 어린 시절 내내 장소를 옮겨 다녔다는 걸 얘기해야겠군요. 부모님의 근무지

가 바뀔 때마다 집이 바뀌었지요. 그리고 나중에 파리에
서는 여러 아파트에 세 들어 살았어요. 그러다 처음으로
내 집을 가지게 된 거였지요…. 그래서… 조금은 내가
이 집에서 태어난 것 같은 느낌이 있어요. 어쨌든 이 집
은 너무도 나의 것이 되어서 내가 있기도 전에, 내가 태
어나기도 전부터 나의 소유였던 것 같은 느낌이 들 정
도예요.

　　여긴 광이었어요. 내가 잘 찾아보았지만, 이 집에서
는 아무런 글의 흔적도, 체류의 흔적도 발견하지 못했어
요. 그것이 아주 인상 깊은 점이에요. 아무 사진도, 아무
낙서도, 아무 책도, 아무 편지도, 아무것도 없었지요. 다
만 연못 벽에 날짜 하나가 있어요. 아마 1875년인 것 같
아요. 그런데 땅속에서는 온갖 것이 나와요. 열쇠도 나

왔고, 칼도, 주머니칼도 나왔고, 접시 조각도 나왔어요. 깊은 땅속에서 말이죠. 말하자면 두 세기의 온갖 생활 쓰레기가 그 속에 있는 겁니다. 장난감 조각, 구슬 조각, 그리고 멀쩡한 구슬들까지. 하지만 집 안에는 아무것도 없었어요.

M. P. :

이자벨 그랑제에 대해 얘기하면서 작가님은 이 인물이 포로처럼 서성인다고 하셨지요.

M. D. :

그렇습니다. 저는 이자벨 그랑제를 이 거주지의 포로로, 자기 자신의 포로로, 자기 삶의 포로로 봅니다. 흔히들 말하듯이 자식들에 대한 사랑에서 아내의 의무로 이어지는 지옥의 회로에 갇힌 포로라고 보고요. 그녀 삶의 모든 내용물이, 그 모든 것이 이곳에 갇혔다고 봅니다. 그녀가 이 집안에서 서성일 때는 마치 그녀가 자기 주변을 떠도는 것 같고, 자기 몸을 우회하는 것 같지요. 내게는 이자벨 그랑제가 이 집에 온전히 거주하고 있는 것처럼 보여요. 마치 그녀가 이 집의 윤곽과 하나가 된 것처럼, 집 자체가 여자의 형태가 되어버린 것처럼, 이 여자와 그 거주지 사이의 합치가 깊이 느껴집니다…. 우연히 느낀 건 아니에요. 틀림없이 전부터 느껴온 겁니다. 내가 이 집에 항상 여자들을, 오직 여자들만 두고 싶어 한 것도 우연이 아니예요. 내게 이 장소는 여자들의 장소입니다.

M. P. :

오직 여자만이 한 장소에 온전히 살 수 있다고 생각하십니까?

M. D. :

그렇습니다. 오직 여자만이 한 장소에서 편안할 수 있고, 그곳에 온전히 동화될 수 있어요. 네, 그곳에서 지루해하지 않고 말입니다. 내가 이 집을 가로지르면서 집을 바라보지 않는 적이 없는 것 같아요. 이런 눈길은 여자의 눈길입니다. 남자는 저녁에 집에 돌아와 밥을 먹고, 잠을 자고, 몸을 덥히지요. 여자는 다릅니다. 일종의 황홀경에 빠진 눈길이 있어요. 집에 던지는 여자의 눈길, 거주지와 사물들에 던지는 눈길, 그 거주지와 사물들은 여자의 삶을 담고 있고, 사실상 여자들 대부분에게는 존재 이유이기도 하지요. 그건 남자가 공유할 수 없는 것이에요. 제가 만약 이자벨 그랑제가 공원을 가로질러 간다고 말하면, 그 공원, 그녀가 그곳을 가로지른다는 사실은 아무 의문도 제기하지 않지요. 이자벨 그랑제는 다른 곳이 아니라, 이를테면 방이 아니라, 다른 곳에 있지 않고 공원에 있으며. 그녀가 공원에서 아주 느릿느릿 걷는데, 그건 아주 자연스러워 보입니다. 만약 어떤 남자가 그렇게 했다면, 한 남자가 그런 걸음으로, 그렇게 느긋하게, 평온하게 공원을 가로지른다고 한다면 사람들은 이 말을 믿지 않을 겁니다. 아마도 이렇게 말하겠죠. 그 순간 그 남자는 걱정거리가 있어서 깊이 고심하고 있는 거라고. 아마도 이렇게 말할 겁니다. 그 남자는 공원에서 서성이고 있는 거라고.

아마 그가 거기서 산책을 하는 것처럼 보이지는 않을 겁니다. 생각하러 그곳에 간 것처럼 보일 거예요. 예전 같으면 집 안의 여자들은, 사람들의 말처럼, 그렇게 자기 생각에 골똘히 사로잡혀 공원을 걷는 남자를 보면 걱정했을 겁니다. 〈나탈리 그랑제〉에서 이 집은 정말이지 여자들의 거주지이고, 여자들의 집입니다. 게다가 언제나 그렇지요. 여자들이 집을 만들었기 때문입니다. 정

말이지 프롤레타리아 같아요. 프롤레타리아의 노동은
프롤레타리아의 것입니다. 프롤레타리아의 노동 도구들
도 프롤레타리아지요. 같은 방식으로, 집은 여자에게 속
합니다. 아시다시피 여성은 오래된 프롤레타리아입니
다. 노동 도구들이 프롤레타리아의 것이듯이 집도 여성

의 것이지요.

M. D. :

그렇습니다. 여성 자체가 하나의 거주지라는 사실, 어린아이의 거주지, 자기 몸이 이런 보호의 의미를 지녔다는 사실, 자기 몸으로 아이를 감싼다는 사실은 여성이 거주지 속에, 자기 주거지 속에 스스로 동화되는 방식과 무관하지 않아요. 분명히 그래요.

아이를 가져본 여자와 아이를 가져보지 못한 여자 사이에는 근본적인 차이가 있다고 생각해요. 나는 출산을 죄의식으로 봅니다. 마치 아이를 내려놓고 버리는 것처럼 말이지요. 내가 살인을 아주 가까이에서 본 것이 바로 출산 때입니다.[4] 아이가 나왔는데 자고 있어요. 생명이 믿기 힘든 행복감 가운데 완전히 잠들어 있다가 깨어나는 것이지요. 어쩌면 출산은 어느 정도 그렇게 경험되는지도 모릅니다. 출산에 대해 우리는 거의 아는 게 없는 것 같아요. '카더라'만 무성하고, 우리는 선입견에 빠져 있지요. 사실 출산은 살인이 맞습니다. 아이는 평

---

4) 마르그리트 뒤라스는 첫아이를 사산했다.

화로워 보이는데, 삶의 첫 신호는 고통의 울부짖음이잖아요. 아시다시피 공기가 아이의 폐 꽈리 속에 들어오면 이루 말로 다할 수 없는 고통을 일으키죠. 그러니 삶의 첫 표명은 고통이지요.

M. P. :

그건 비명이지요.

M. D. :

비명 이상이죠. 그건 목졸리는 자의 비명이고, 죽임 당하는 누군가의 비명, 살해당하는 누군가의 비명이지요. 원치 않는 누군가의 비명입니다.

M. P. :

〈나탈리 그랑제〉에서 외부세계가 집 안으로 들어
올 때 그것은 폭력이고, 라디오 목소리이고, 이블린의
범죄이고, 드뢰 숲에서 벌어지는 범인 추적이지요.

M. D. :

폭력은 숲에 거주합니다. 〈파괴하라〉에서 폭력은
숲에 거주하지만, 〈파괴하라〉에서 알리사와 스타인은
사랑을 나누기 위해 숲속으로 가지요.

M. P. :

그들이 그랬던가요? 그렇지만….

M. D. :

다른 사람들은 그렇지 않아요. 다른 이들은 숲을
바라보지요. 멀리서 바라볼 뿐 들어가지 않아요. 숲은
내 어린 시절의 숲이에요. 난 그걸 알지요. 아주 어려서
나는 원시림에 가까운 땅, 인도차이나에서 살았어요. 숲
은 뱀 때문에, 곤충과 호랑이, 그 모든 것 때문에 위험해
서 출입이 금지되었지요. 그래도 우리는 숲으로 갔어요.
우리 아이들은 겁나지 않았어요.

그곳에서 태어난 우리는 숲이 무섭지 않았지요. 북

쪽에서 온 유럽인인 나의 어머니는 숲을 겁냈어요. 어머니는 세상 북쪽에서 왔어요. 사실 어머니가 겁낸 건 숲이 아니었지요. 살면서 뒤늦게 발견한 그 회귀선, 그 낯섦을 겁냈던 겁니다. 그런데 우리는 그곳의 모든 것이 번성하듯이 번성했지요. 내가 《태평양을 막는 제방Un barrage contre le Pacifique》에서 얘기했듯이 작은 오빠와 함께 나는 그곳에서 정말 편안했어요. 숲의 과일들을 먹었고, 짐승을 죽였고, 맨발로 오솔길을 쏘다녔고, 강에서 멱을 감았고, 악어를 잡으러 다녔지요. 나는 금세 아홉 살이 되었어요. 우리는 낮잠 시간만 되면 도망쳐서 당연하게도 위험을 향해 갔어요. 뒤늦게 나중에서야 우리가 어려서 했던 짓들이 겁나더군요.

그러니까 숲은 미친 사람들의 것인데, 보시다시피 내 삶에서 숲은 유년기의 것이었지요. 내가 아이로서 찾아갔던 숲엔 말 안 듣고 온 아이들이 가득했어요. 《태평양을 막는 제방》의 땅에는 걸인들이 많았습니다. 그들은 밤에는 칡넝쿨 아래로 자러 갔어요. 그 사람들은 불을 피웠고, 그곳에서 잠을 잤지요. 〈노란 태양〉에서 유대인들의 유랑에 대해, 사방에 꺼진 불들에 대해 말한

것도 내가 어려서 경험한 것과 관계가 있다고 생각해요.

말하자면 그곳은 여행의 숲, 진짜 여행의 숲이에요. 그러나 보시다시피 어린 시절이기도 하지요. 그렇습니다. 그러나 내 책 속의 모든 인물이 숲을 겁내지는 않아요. 드뢰의 아이들은 숲으로 피신하지요. 이블린의 열여섯 살의 어린 살인자들은 숲으로 숨어들지요. 숲은 그 아이들의 행위로 위험해지고요. 사람들은 숲을 겁냅니다. 어린 부랑배들과 온갖 폭력을 겁내듯이 말이지요.

그런데 이제 나는 숲이 겁납니다. 더는 홀로 숲에 들어가지 않아요. 그곳도 하나의 장소인데, 왠지 모르겠지만, 불안한 장소이고, 아주 아주 오래된 장소이지요. 원칙적으로 모든 숲은 선사시대부터 시작된 것입니다. 어떤 면에서 신들린 장소임이 틀림없고요. 저는 이 단어를 거부하지 않습니다.

M. P. :

숲이 옛 의미로 성소聖所 같다는 건지요?

M. D. :

그렇습니다. 우리 여자들은 숲에서 처음 말을 했지요. 자유로운 말을, 지어낸 말을 숲에서 처음 했어요. 제가 미슐레를 인용해 얘기한 것들 말이지요. 여자들은 동물들에게, 그리고 식물들에게 먼저 말하기 시작했는데, 그건 여자들이 배운 적 없는, 여자들의 말이었어요. 그 말이 자유로운 말이어서 처벌받았는데, 그건 그 말 때문에 여자가 남자에 대한 제 의무를, 집에 대한 제 의무를 다하지 않았기 때문이지요. 그것이 자유의 목소리였으니 두려움을 안기는 건 당연하지요.

M. P. :

그렇군요.

M. D. :

전적으로 그렇습니다.

(바깥에서 아이들의 외침이 들려온다.)

학교 마치는 시간이네요. 저 소리는 집안 어디에서도 들리지요. 이 집은 길쭉해요. 여름이고 겨울이고 아이들이 지나다니지요. 한겨울에도 아이들의 소리가 들려요. 아침 여덟 시, 여덟 시 반, 한밤중에도 아이들은 놉니다.

숲과 음악은 어딘가 연결되어 있어요. 내가 숲을 겁낼 때는 당연히 나를 겁내는 겁니다. 사춘기 이후로 나는 내가 겁납니다. 사춘기 이전에는 숲속에서도 겁나지 않았는데 말이죠.

음악도 나를 겁에 질리게 합니다. 음악 속에는 어떤 실현이, 우리가 현재로선 받을 수 없는 시간이 있지요. 음악 속에는 앞으로 올 시간의 전조前兆가 있어요. 우리가 음악을 들을 수 있게 될 시간 말이지요. 음악은… 뭐랄까요… 나를 발칵 뒤집어서 나는 음악을 들을 수가 없어요. 어렸을 때는 아직 아무것도 모르고 천진해서 들을 수 있었지요. 지금은 마음이 발칵 뒤집혀서 아무 생각 없이 듣기가 정말 힘들어요…. 당연히 음악에 대해 말할 수도 없어요. 당신에게 음악에 대해 말하지 못합니다. 어느 시점에는 음악이 더는 두렵지 않게 되겠지요. 지금은 두려워요. 미래가 두려움을 안기듯이 말이지요. 나는 이를테면 바흐 같은 사람은 자기 음악에 대한 예지가 없었다고 생각해요. 이따금 바흐를 고야와 비교해봅니다. 고야는 그림에 대해서는 특출한 예지력이 있었지만, 실제 삶에서는 어리석기만 했지요. 나는 고야

34

를 다르게 생각할 수가 없습니다. 게다가 그의 삶이 입증하듯이 그는 아첨꾼이었어요. 천진하기 짝이 없는 환상을 품고 있었고, 평생 어린아이처럼 행동했지요. 어떤 면에서 무감각하지 않고는 그런 식으로 볼 수 없지요…. 그런 날카로움을 간직한 채 볼 수 있으려면 그 날카로움의 파장이 없어야지요. 그러지 않으면 우리는 죽습니다. 바흐도 자신이 하는 일을 알았더라면 죽었을 겁니다. 게다가, 아시겠지만, 그는 평생 기억할 만한 어떤 말도 하지 않았어요. 고야도 마찬가지예요. 내가 만든 모든 것, 내가 만든 모든 영화에서 나를 가장 뒤흔드는 장면은 〈나탈리 그랑제〉에서 음악과 음악 표기, 악보 장면입니다. 악보 뭉치가 바닥에 놓였고, 카메라가 악보 위에서 흔들거리다가 악보 표지 위의 〈푸가의 기법〉을 비춥니다. 카메라는 〈샤콘느〉를 아주 가까이 비추다가 가장 어려운, 다시 말해 〈푸가의 기법〉 위에서 끝나지요. 아니 어쩌면 〈골드베르크 변주곡〉을 비추는지도 모르겠네요. 그러는 동안 아이는 음계 연습을 하지요. 아이의 음계, 유년기의 음계, 또는 인간의 유년기, 또는 인류의 유년기부터 우리가 해독하지 못하는 이 언어까지 이

르기 위해 걸어야 하는 길이 나는 혼란스럽기만 합니다. 〈노란 태양〉에서는 바흐를 프롤레타리아에 비교했지요. 나는 이렇게 말했어요…. 저기에… 시멘트 산이 있고, 여기에 음악 산이 있다고…. 아무도 이해하지 못하더군 요…(웃음). 지금 다시 설명해보죠…. 나는 프롤레타리 아의 노동으로 만들어진 시멘트 산과 음악 산 사이에서 노고의 등가성을 봅니다. 시멘트와 음악이라는 두 산 주 변엔 동일한 어둠이 지배하지요. 동일한 난청이 지배한 다고도 말할 수 있어요.

M. D. :

최근에 한 페이지를 쓰면서 공원의 습기에 대해, 습기가 뚝뚝 떨어지는 공원에 대해 말했어요. 그러고 나서 그 텍스트를 다시 읽었는데 제가 복수 형태로 써놓았더군요. 공원의 습기들이라고 쓴 겁니다. 공원의 습기를 생각하고선 말이지요. 물론 복수형은 그대로 두었습니다. 그건 손이 낸 사고였어요. 하지만 공원의 다양성, 공원의 다양한 종을 생각하면 습기를 말할 때 복수형이 훨씬 적절했지요. 땅의 습기가 있고, 나무, 과일, 물, 공기 등의 습기가 있었으니… 복수였지요….

요컨대, 우리는 자기 경멸을 품고, 죄의식을 품고 떠납니다. 다른 사람들이 우리를 위해 싸준 작은 싸구려 가방들을 들고 글을 쓰기 위해 떠나지요. 우리는 자유롭게 떠나는 게 아닙니다. 자신을 믿어야만 해요. 우리는 타인들은 신뢰하지요…. 사랑도 믿고… 욕망도 믿는데… 그런데 우리 자신에 대해서는 불신이 가득합니다. 왜 그럴까요? 공정하지 않아요. 나는, 다른 사람을 믿듯이 나 자신을 신뢰합니다. 나를 오롯이 신뢰해요.

여긴 내가 이 집에서 아주 좋아하는 방입니다. 어쩌면 높이 때문인지도 모르겠어요. 그런데 여기에선 한 번도 글을 써본 적이 없고, 일해본 적도 없습니다. 이곳은 공동 공간이에요. 특히 여름에는 모두가 여기 모여요.

저기 큰 대들보들이 만나는 모퉁이에는 제비집들이 아직 있어요. 우리가 이 공간에서 지내느라 제비들이 내쫓겼지요. 제비들을 붙잡아둘 수가 없었어요.

저기 큰 식당에서 거미줄들을 보셨나요? 어쩌겠어요. 저 높은 곳까지 닿을 만큼 충분히 긴 막대기를 못 찾았는걸요. 그래서 그냥 내버려 두었고, 그것들에 익숙해졌어요. 사실 거미줄을 치워야 한다는 건 편견이기도 해요. 빛이 비칠 때 거미줄을 보면 상당히 아름답거든요.

여름마다 우리는 라벤더를 잘라서 저곳에 둡니다. 저기 문 위에 걸린 건 몇 년 된 라벤더예요. 저기 문을 통해 정원을 바라보다가 〈나탈리 그랑제〉를 만들었지

요. 〈나탈리 그랑제〉는 내게 이런 겁니다. 공간의 투명성 같은 거예요.

M. D. :

우리는 영화를 만들려면 하나의 이야기에서 출발해야 한다고 항상 생각하죠. 사실은 그렇지 않아요. 〈나탈리 그랑제〉를 만들 때 나는 오롯이 집에서 출발했어요. 정말 그랬죠. 머릿속은 항상 집이 차지하고 있었고, 나중에 한 편의 이야기가 찾아와서 집에 깃들었지요. 하지만 집 자체가 이미 영화였어요.

최근에 이상한 일이 내게 일어났어요. 집에 홀로 있었을 때예요. 어린 딸의 방이 있는 저기 끝, 작은 부엌에서 막 무언가를 썻었는데, 주변이 아주 조용했어요. 초가을 저녁 무렵이었고요. 그때 큰 파리 한 마리가 들어왔어요. 파리는 전등갓 속에서 오랫동안 맴돌더니 어느 순간 죽더군요. 죽어서 떨어졌고, 나는 그 녀석이 죽은 시간을 적은 기억이 납니다. 5시 55분이었을 겁니다. 그 순간 나는 이미 영화 속에, 한 편의 영화 속에 있었지요. 아마도 파리 이야기였거나 아니면 파리 소리를 듣는 나의 이야기였겠죠. 잘 모르겠지만 나는 거기 있으면서도 다른 어딘가에 있었지요. 이미 다른 어딘가로 이동해 있었어요. 아마 다른 사람들이라면 승화 운운하겠지요.

네, 《앙데스마 씨의 오후》[5]로 말하자면, 나는 생 트로페 위쪽에 자리한 그 집을 먼저 보았죠. 그 집을 막 구매한 친구가 가생Gassin 부근에서 바다를 마주하고 언덕 위에 자리한 그 장소를 내게 보여주었어요. 그 장소는 나를 사로잡았고, 6개월 동안 내 머릿속을 온통 차지했지요. 정말이지 장소를 머릿속에 담은 채 6개월 동안 멍하게 있었는데, 갑자기 누군가, 아주 나이 많은 한 남자가 왔지요. 그가 앙데스마 씨였습니다. 그때 내가 여기서 기다리면, 내가 여기 틀어박히면 사람들이 올 테고, 그러면 다른 영화가 되겠다는 느낌이 들었어요. 그건 분별 있는 생각은 아니죠. 그런 식으로 여섯 일곱 편 영화를 만들 수는 없지요. 사람들이 내게 하는 말이 바로 그랬죠. 내 친구들은 이렇게 말합니다. 또 이… 이 집으로 시작하지는 않을 거지…. 난 다른 사람들은 무엇에서 시작하는지 모르겠어요. 그들이 한 편의 이야기에서 시작한다면, 나는 완전히 만들어진 이야기를 경계합

---

5) 뒤라스가 생 트로페 부근의 어느 빌라를 보고 나서 쓰게 되었다는 이 작품은 1962년에 출간되었고, 미셸 포르트의 감독으로 2004년에 영화로 제작되었다.

니다. 글을 쓰기도 전에 시작과 중간과 끝이 있고, 우여곡절이 있는 이야기를 경계합니다. 나는 내가 어디로 가게 될지 늘 잘 모릅니다. 알았더라면 아마 글을 쓰지 않았을 겁니다. 이미 만들어진 걸 왜 만들겠어요. 이미 탐색되고 정리되고 집계된 이야기를 어떻게 쓸 수 있는지 난 모르겠어요. 그런 게 내겐 슬픈 일처럼 보입니다. 궁핍해 보이기도 해요… 그러니까… 같은 글쓰기는 결코 아니지요. 어쩌면 내가 지금 뭔가 잘못 생각하고 있는지도 모르겠군요.

(마르그리트 뒤라스는 피아노 앞으로 가서 앉는다.)

M. D. :

〈나탈리 그랑제〉의 배우들은 걷고 싶어 했어요. 급기야 집 안에서 항상 같은 걸음으로 걷기 위해 리듬을 원했어요. 할 수 없이 내가 피아노에서 몇몇 아르페지오를 연주했는데, 그것이 조금씩 변해서 영화에 음악으로 쓰였지요. 정말이지 아주 실리적이었던 작업이 영화의 음악이된 겁니다. 나는 그 음악으로 저작료까지 받았어요. (웃음)

(뒤라스는 〈나탈리 그랑제〉의 음악 몇 마디를 연주한다.)

처음엔 이랬어요.

(다시 어린이용 피아노 연습곡을 연주한다.)

이 음악을 들으면 복도로 걸어가는 잔이 보여요. 잔 모로 말이에요. 이건 아주 오래된 피아노예요. 이젠 조율도 안 되죠. 너무 낡았지만 모두 아주 좋아합니다. 나는 안 쳐요. 아주 드물게 칠 때도 있긴 해요. 하지만 내 아들도 좀 치고, 애 아빠가 자주 치고, 친구들도 와서 치곤 해요. 우리는 이 피아노로 잘 놀지요. 새벽 3시까지 네 손 연주도 하고요. 나는 이 방을 아주 좋아합니다. 완전히 투명하기도 하고, 집 안쪽 끝에 있는 마지막 방이어서 아주 독립된 방이지요.

〈인디아 송〉의 곡도 칠 수 있어요.

(그녀는 〈인디아 송〉의 곡을 연주한다.)

피아노와 단절되지 않으려고 하지요. 한 손으로라도 피아노를 만질 수 있으려고요.

그래요, 사실, 좋은 연주를 듣는 것이 내게는 언제나 고통이에요. 사람들이 연주를 매우 잘할 때 저는 매혹되고 마음을 빼앗기는 동시에 좌절하기도 합니다.

〈나탈리 그랑제〉에서 그 지점까지 갔지요….

(그녀는 〈나탈리 그랑제〉의 곡을 연주한다.)

아이들의 장난감이 흩어져 있는 방을 비추는 장면에서… 나무 건반 소리가 들리죠.

(그녀는 한 손으로 바흐의 〈푸가〉 도입부를 연주한다.)

사람들은 내가 연주한다고 믿겠지만 난 연주하고 있지 않아요. 지금도 들리나요?

(그녀는 울림소리에 오래도록 귀를 기울인다.)

(끝 자막이 올라가고 〈푸가〉가 들린다.)

2

M. D. :

이 사진은 열여덟 살 때예요.

- 여긴 열여섯 살이에요. 메콩 강가의 사덱에서 찍은 사진이죠. 원피스는 초록색이었고요.

- 내 옆에 있는 사람은 오빠예요.《태평양을 막는
제방》의 조제프죠. 오빠는 아주 젊은 나이에 죽었어요.
전쟁 때 약이 없어서였죠.[6]

---

6) 뒤라스의 작은 오빠 폴은 1942년 일본에 점령당한 베트남에서 폐렴을 앓다가
   사망했다.

— 아버지예요. 나는 그분을 알지 못했죠. 내가 네 살 때 돌아가셨으니까요. 지수함수의 기능에 관한 수학 책을 한 권 쓰셨는데, 그 책을 잃어버렸어요. 아버지와 관련해서 내게 남은 건, 이 사진과 아버지가 돌아가시기 전에 자식들에게 쓴 엽서 한 장뿐이에요.

- 어머니예요.

Vu pour certification de la photo. de Mme Donnadieu institutrice de Cochinchine en congé régulier

Le Directeur de l'Enseignement
Saigon le 3 Mai 1955

- 오빠가 둘이었지요.

    – 이건 사륜마차예요. 빈롱에서는 저녁에 이걸 타고 외출하곤 했지요. 검역소 근처를 지나갔고, 논을 가로질렀고, 메콩 강가로 돌아오던 기억이 납니다. 돌아올 때면 어둠이 내렸지요.

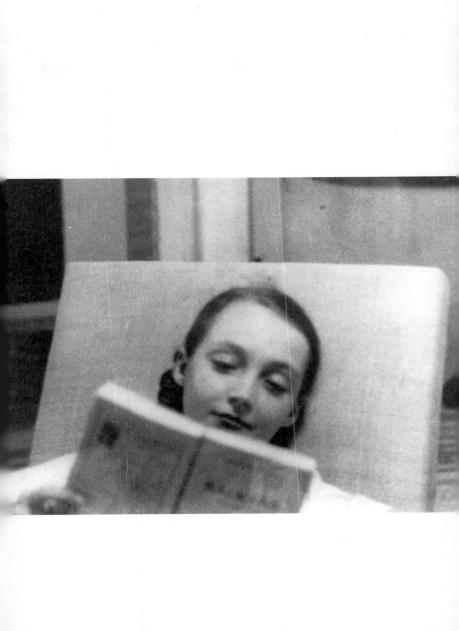

M. P. :

마르그리트, 언젠가 어머님이 백인 사회의 여자들
보다는 베트남 시골 아낙에 훨씬 가까웠다고 말씀하신
적 있지요.

M. D. :

그렇습니다. 무엇보다 제 어머니는 시골 사람이
었어요. 시골 출신이었고, 시골 아낙이었지요. 어머니
가 장학생으로 사범학교를 다니긴 했지만, 외조부모님
은 북쪽 지역의 농부들이었어요. 게다가 우리가 지독히
도 가난한 데다 그곳에서 어머니는 최하층 사람들 틈에
서―세관원, 우체국 직원, 원주민 학교의 교사들은 최
하층 백인들이었지요―일했으니 다른 백인들보다는
베트남인, 안남인 들과 훨씬 가까웠어요. 나는 열네 살,
열다섯 살까지 베트남인 친구들밖에 없었어요.

어머니는 20년 근무를 하고 나서 캄보디아의 캄포
트 부근에 분양지를 하나 샀지요.

M. P. :

불하 토지를요?

M. D. :

맞아요. 그렇게 부르더군요. 그런데 여자가 보호자도 없이 혼자서, 완전히 혼자 몸으로 온 걸 보고는 경작할 수 없는 땅을 판 겁니다. 어머니는 전혀 몰랐지요. 경작할 만한 땅을 사려면 토지대장 담당 직원들에게 뇌물을 줘야 한다는 걸 몰랐지요. 어머니가 산 토지는 토지가 아니었어요. 일 년 중 6개월은 물에 잠기는 땅이었죠. 어머니는 20년 동안 모은 돈을 그 땅에 몽땅 집어넣었지요. 그러곤 방갈로를 짓고, 씨를 뿌리고, 모를 심었어요. 그런데 석 달 뒤에 태평양이 범람했고, 우리는 파산했지요. 어머니는 거의 돌아가실 뻔했고, 그 때문에 약간 궤도를 벗어나서 간질성 발작까지 일으켰어요. 이성을 잃었지요. 우리는 어머니가 돌아가시는 줄 알았어요. 사실 어머니는 분노가 치밀어 죽고 싶어 했고, 댐이 무너진 뒤로는 죽어가고 있었지요. 분노로. 격분해서 말입니다. 당연히 이 일은 우리에게 깊은 상처로 남았어요. 지금까지도 그 일에 대해 침착하게 말하지 못할 정도예요. 어머니는 고소도 해보고 항거했지만, 불하받은 토지는 그즈음 처참한 상황이었고, 토지대장 담당 직원들부터 식민지 전체 행정관까지 모두가 뇌물을 받았다는 걸 알게 되었어요. 다시 말해 뇌물이 공무원 모든 계급에 만연했으니 고소는 물거품이 되고 고소장은 서랍 속에 처박히고 말았지요. 그리고 어머니는 이기지 못한 채 돌아가셨죠─그렇습니다. 불의가 완전히 실현되었지요.

그곳엔 꽤 높은, 일종의 벌판이 있었고, 북쪽에는 코끼리 산맥이 있었으며, 남쪽에는 마을도 없고 주민도 없는 지역이, 물과 늪의 지대가 펼쳐졌지요. 바닷가를 따라 맹그로브 숲이 이어졌는데, 물이 범람하는 계절에는 수백 헥타르에 걸쳐 오직 맹그로브 숲만 수면 위로 보였어요. 어쨌든 내게는 그곳이 유년기예요. 책에서 조제프라고 이름 붙인 작은 오빠와 나는 그곳에서 어린 시절을 보냈지요. 내겐 오빠가 둘이에요. 큰오빠는 어린 시절을 거의 함께 보내지 못했어요. 아버지가 돌아가신 뒤로 어머니는 우리 셋을 모두 데리고 있을 수가 없었지요. 맏이는 프랑스에서 전기電氣 학교에 다녔어요. 어머니는 베트남에서 어린 두 자식만 데리고 살았지요. 너무도 절망에 사로잡힌 어머니는 정말 끔찍한 삶을 살았어요. 어머니가 그렇게 절망에 붙들려 있으니 우리는 완전히 자유로웠지요. 나는 우리만큼 자유로운 아이들을 본 적이 없어요. 제방 땅에서 사는 오빠와 나만큼 말이지요. 어머니는 우리에게 신경 쓸 여유가 없었어요. 더는 자식들을 생각하지 못했지요. 그래서 우리는 달아나서 온종일 밖에서 지냈죠. 나무 위가 아니라(웃음), 숲속과 강에서, 락rac에서, 바다로 흘러가는 작은 급류를 락이라고 불렀죠. 그리고 사냥을 했어요. 이곳의 어린 시절과는 아주 다른 어린 시절을 보냈지요. 보시다시피 프랑스인이라기보다는 베트남인들이었죠. 이 사실을 나는 이제야 발견합니다. 프랑스 인종, 아, 미안합니다, 프랑스 국적에 속한다는 건 틀린 얘기였지요.

우리는 베트남 아이들처럼 베트남어로 말했고, 신발도 신지 않았고, 거의 반쯤 발가벗고 살았죠. 강에서 멱을 감았고요. 어머니는 그러지 않았어요. 베트남어를 끝내 사용하지 않았어요. 너무 어려워서 배우지 못했지요. 나는 베트남어로 대학입학 자격시험에 합격했어요. 그러다 어느 날, 내가 프랑스인이라는 사실을 알게 되었죠…. 상상해 보세요. 어머니는 우리에게 종종 이렇게 말했지요. "너희들은 프랑스인이니," 라고요. 어느 날 어머니는 사이공에 갔다가 레네트 품종 사과를 가져왔어요. 그 빨간 사과를 뭐라 부르는지 모르겠네요?

M. P. :

저도 모르겠어요.

M. D. :

그리고 어머니는 우리에게 그걸 억지로 먹게 했어요. 우린 삼킬 수가 없었어요. 그게 목화라고 들었고, 먹을 수 없는 거라고, 프랑스 음식은 먹을 수 없다고 들었거든요. 나는 열 살 때 프놈펜에서 일종의 거식증을 앓았어요. 사람들은 내게 억지로 비프스테이크를 먹였고, 나는 비프스테이크를 토했죠. 우리는 정말이지 그곳, 벽지 아이들이었죠.

오, 이런 일은 흔히 일어납니다. 우리는 어떤 환경 속에, 주어진 어떤 공간 속에 존재하죠. 환경에서 태어나고, 그 환경의 언어를 말하지요. 우리의 첫 놀이도 베트남 아이들과 함께한 베트남 아이들의 놀이였죠. 그러다가 우리에게 너희들은 베트남인이 아니라고, 그러니 프랑스인이 아닌 베트남 아이들과 노는 걸 그만두어야 하고, 신발을 신어야 하며, 스테이크와 감자튀김을 먹어야 하고, 그렇게 고약한 행실도 하지 말아야 한다고 알려주는 겁니다. 이걸 깨달은 건 아주 나중이었죠. 어쩌면 지금 깨달은 건지도 모르겠네요. 사덱과 빈롱에서도 꽤 오래 살았어요.

M. P. :

메콩 강 근처 말인가요?

M. D. :

그렇습니다. 메콩 강가죠. 그곳은 직각으로 교차하는 길들과 정원과 철책이 있고, 그리고 강과 프랑스인들의 서클과 테니스장이 있는 백인들의 임지이고, 그리고 빈롱에는 안-마리 스트레테르도 틀림없이 있지요. 그 행정관의 아내 말이에요.

목소리 1

어느 날, 정부 소속 배 한 척이 멈춰 선다. 스트레테르 씨가 메콩의 임지들을 시찰한다.

목소리 2

그가 사반나케트에서 그녀를 빼낼까?

목소리 1

그래. 데려갈 거야. 그는 17년 동안이나 아시아의 대도시들로 그녀를 데려가고 있어.

목소리 1

베이징에서 그녀를 보았대.

그리고 만달레이에서. 방콕에서.

방콕에서 그녀를 보았대.

양곤에서. 시드니에서.

라호르에서 그녀를 보았대.

17년.

캘커타에서 그녀를 보았대.

캘커타에서

그녀는 죽었지.

〈인디아 송〉

M. D. :

저는 그게 그녀의 진짜 이름이었는지조차 모릅니다. 스트레테르, 그 이름을 내가 지어낸 건 아닌 것 같아요. 아니면 내가 변형했거나 아니면 스트레테르라는 이름이 맞는지도 모르겠네요. 빨간 머리 여자였죠. 내 기억엔 화장도 하지 않았고, 아주 창백했죠. 아주 하얬고요. 그리고 어린 딸이 둘 있었어요.

M. P. :

그 여자를 알았습니까?

M. D. :

말을 해본 적은 없어요.

(남자 목소리)

그녀는 얼마나 새하얀지. 캘커타 여자들은 얼마나 하얀지. 여섯 달 동안 저녁에만 밖으로 나와. 태양을 피해 다니지. 꼭 고통의 포로 같아.

저 담장 너머에서 무슨 일이 일어나는지… 그녀가 무엇을 하는지 아무도 몰라.

〈인디아 송〉

M. D. :

너무 먼 얘기라 이젠 잘 모르겠어요. 저녁에 그 여자가 운전사가 모는 자기 자동차를 타고 지나가는 걸 보곤 했죠. 선선해지면 외출했지요.

그녀가 오고 얼마 지나지 않아서 우리는 청년 하나가 그녀를 향한 사랑 때문에, 그녀에 대한 사랑으로 자살했다는 사실을 알게 되었어요. 그 소식이 내게 일으킨 충격이 기억납니다. 도무지 이해할 수가 없었지요. 내가 그 소식을 들었을 때 받은 충격은 그 여자가 요염한 여자로, 사교적인 여자로 보이진 않았다는 사실 때문이었어요.

그녀에겐 눈에 보이지 않는 무언가가 있었는데, 사람들의 눈길을 끄는 여자와는 전혀 달랐지요. 아주 조용했어요. 그녀는 친구도 없어 보였고, 《부영사Vice-consul》에서처럼 늘 어린 두 딸과 혹은 혼자서 산책하곤 했지요. 그러다 갑자기 그 소식을 듣게 된 거예요. 말하자면 내게 그녀는 오랫동안 말하자면 이중의 힘을 구현하는 인물이었어요. 죽음의 힘과 일상의 힘 말이에요. 그녀는 아이들을 길렀고, 행정관의 아내였고, 테니스를 쳤으며,

사람들을 맞이했고, 산책을 했지요. 게다가 그녀는 자기 안에 죽음의 힘을, 죽음을 아낌없이 퍼주고, 죽음을 촉발하는 힘을 숨기고 있었죠. 때때로 나는 그녀 때문에 글을 쓴 게 아닐까 하는 생각이 들곤 해요.

M. P. :

〈인디아 송〉에서 우리가 느끼는 건 당신의 홀림인 가요?

M. D. :

무대에 올려진 건 나의 홀림이죠. 내가 그녀에 대해 품는 사랑이에요. 그녀에 대해 품는 나의 사랑이 항상 존재했었는지 생각해봅니다. 부모의 전형이 그녀였던 건 아닌가, 나의 어머니가 아니라 그 두 어린 딸의 어머니인 안-마리 스트레테르가 아니었나 싶어요.

나는 나의 어머니가 너무 광적이라고, 너무 극성스럽다고 생각했고, 실제로 그렇기도 했어요. 그건 은밀한 힘이었죠. 삶에서 그런 활력을 가지려면 그 은밀한 힘을 감추어야만 했지요. 생각해보니 그랬던 것 같아요. 내게 안-마리 스트레테르는 부모의 전형, 어머니의 전형, 아니 그보다는 여성의 전형이었어요. 내 눈에 그녀는 모성

애가 있어 보이지 않았고, 무엇보다 불륜을 저지르는 여자였지, 어린 딸을 둔 어머니로 보이지 않았으니까요.

안-마리 스트레테르: 있잖아요, 인도에서는… 가능한 게… 거의 아무것도 없어요… 이게 우리가 할 수 있는 말이에요….

젊은 참사관: 무슨 말씀을 하시는 건지요?

안-마리 스트레테르: 오, 아무 얘기도 아니에요…. 일반적인 좌절에 대해 하는 말이에요.

인도에서 사는 건 힘들지도 쾌적하지도 않아요. 쉽지도 어렵지도 않고요. 그저 아무것도 아니죠… 아시겠어요?… 아무것도 아니라고요.

젊은 참사관: 가능한 게 없다는 말씀이신가요?

안-마리 스트레테르: 다시 말해… 어쩌면… 그런지도 모르겠네요…. 하지만 그렇게 말하면 너무 단순화하는 것일 테지요.

〈인디아 송〉

M. D. :

그녀는 인도에 대해 말하지요. 네, 모든 건 어쩌면 거기서 오는지도 모릅니다. 그러다가 더는 아무 말도 하지 않습니다. 다시 말해 더는 자기 말에 사로잡혀 있지 않고, 정말이지 더는 개인적 근심이 없어요. 아마도 이런 것 같아요. 그녀는 천 살인 겁니다. 이 여자의 절대적 권위는 거기서 오는 겁니다. 남자들이 그녀에게 가닿는 건 드물어요. 그녀 내면에 이중의 침묵이 있기 때문이죠. 여자의 침묵이 있고, 그녀 삶에서, 그녀 인성에서 오는 침묵이 있지요. 이 이중성, 이 두 침묵의 결합이 어쩌면 안-마리 스트레테르일 겁니다. 심지어 내 책들 속 다른 여자들도 오래도록 그걸 감추고 있었던 게 아닌가 싶기까지 해요. 롤 베 스타인 뒤에 안-마리 스트레테르가 있지 않았는지 말이에요. 그게 아니면 그 홀림이 지속될 이유가 없으니까요. 나는 거기서 빠져나오지 못하고 있어요. 이건 진짜 사랑 이야기예요.

내 영화와 책 들은 수년 전부터 그녀와의 사랑 이야기들이에요. 다른 영화들을 만드는 동안에는 그녀를 마음에 두지 않지만, 항상 떠나지 않고 있긴 하지요.

M. D. :

이 이미지 한가운데, 이미지 중심에 내가 안-마리 스트레테르를 기리며 제단이라고 부르는 것이 자리하고 있어요. 이건 이중의 장소예요. 나의 장소, 다시 말해 내 고통의 장소이지요. 나로 인해 죽은 그녀를 죽음에서 빼내지 못하는 고통의 장소이고, 그녀에 대한 내 사랑의 장소입니다. 그리고 이 제단은 외부에서 관리되지요—객관적으로. 한 하인이 와서 향을 다시 피우고 새 장미로 바꿉니다. 이것은 제단이고, 델핀 세리그가 와서 죽은 여자의 사진을 바라보는데, 심지어 시나리오에도 어느 순간 이렇게 씌어 있죠. '그녀는 사진을 향해 다가간다. 마치 그 사진이 그녀를 바라보기라도 하듯이.' 나는 이중의 시선을 봅니다. 사람들은 죽은 여자의 사진에 그렇게 가까이 다가가진 않지요. 그 사진은 여전히 읽기 어렵습니다.

M. P. :

선생님의 모든 영화에서 거울이 큰 역할을 하지요?

M. D. :

그렇습니다. 그건 이미지가 빨려 들어가고 다시 빠져나오는 구멍 같은 것이죠. 나는 이미지가 어디로 다시 나올지 결코 알지 못합니다. 델핀이 집어 삼켜졌다가 다시 돌아오는 듯한 느낌이 들어요. 그녀는 다시 돌아오든지 아니면 돌아오지 않는데, 하지만 아주 멀리서 델핀이 나타나면 그건 극한의 기쁨이지요. 거울 속에서는 이미지를 무한히 멀어지게 할 수 있어요. 그녀가 영화 속으로 들어설 때는 마치 영화 끝에서 도착하는 듯 보이죠. 세상 끝에서라고 말할 뻔했네요.

M. P. :

거울이 있는 건 거리를 지키기 위해서가 아닌가요? 더는 존재하지 않는 거리 말이지요?

M. D. :

그렇습니다. 아니면 의문 던지기이거나.

M. P. :

현존에 대해서 말인가요?

M. D. :

그렇습니다. 말의 현존에 대해서 말입니다.

부영사가 안-마리 스트레테르에게 이런 말을 했는지 모르겠네요. "캘커타는 내게 일종의 희망이 되었어요." 안-마리 스트레테르에게 직접 했든 아니면 상징에 대고 했든, 아니면 안-마리 스트레테르의 상징적 영향력을 향해서 했든. 내 생각엔 영역의 확장, 말 영역의 확장이 있는 것 같아요, 말은 더이상 현존하는 주체만을 향하는 게 아니에요.

M. D. :

안-마리 스트레테르는 분석을 넘어섰다고 생각합니다. 물음을 넘어섰다고 말이지요. 그녀는 지성이나 앎, 이론에 대한 모든 선입견을 넘어섰어요. 이건 절망이지요. 요컨대 보편적인 절망, 어떤 깊은 정치적 절망에 가장 가깝고, 그대로 담담히 경험되는 것이죠. 그녀가 캘커타였다고 이미 말했지요. 나는 그녀를 캘커타로 봅니다. 그녀는 캘커타가 되고, 거기엔 이중의 미끄러짐이 있지요. 캘커타가 안-마리 스트레테르라는 형태를 향해 가고, 그녀가 캘커타라는 형태를 향해 가는 겁니다. 그래서 내가 보기엔 영화가 끝날 무렵엔 둘이 하나가 되지요.

그녀는 해방된 여자라고 말할 순 없겠지만 매우 확실한 해방의 길 위에 서 있지요. 대단히 사적인, 개인적인 해방의 길입니다. 그녀는 세상에서 가장 보편적인 것을, 말하자면 세상의 보편성을 끌어안음으로써 가장 자기 자신이 됩니다. 가장 폭넓게 모든 것에, 캘커타에, 빈곤에, 굶주림에, 사랑에, 매춘에, 욕망에 열림으로써 가장 자기 자신이 되는 거지요. 이것이 안-마리 스트레테르입니다.

내가 '매춘'이라고 말할 때는 굶주림처럼, 눈물처럼, 욕망처럼 그녀가 감내하는 매춘을 말하는 겁니다. 그것은 모든 걸 받아들이는 속이 빈 어떤 형태 같은 것이어서, 사물들이 그 안에 거주합니다. 이것이 내가 안-마리 스트레테르의 해방이라고 부르는 겁니다. 보시다시피, 제가 얘기하는 건 의심할 여지 없이 아주 불확실한 영역이지요. 그녀가 왜 이토록 나를 붙들고 있는지 결코 알지 못할 수도 있습니다. 이건 빨아들임 같은 것이지요. 때로는 우리가 존재조차 알지 못하는 욕망의 빨아들임 말입니다. 그녀는 나의 욕망 이상이에요. 내가 나의 욕망이라고 생각한 것 이상이지요. 그녀는 내가 묻는 것 이상을 대답합니다. 완전히 대답하기 때문이지요.

M. D. :

이 장소는 〈인디아 송〉의 촬영 전체에 영향을 미쳤지요. 델핀 세리그가 안-마리 스트레테르 역할을 연기하지 않고 그저 그녀를 보여준 거라면 그것은 이 장소 때문이지요. 진짜 대사관과 그럴싸한 대사관 사이의 괴리, 영화 산업에서 볼 법한 그럴싸한 대사관과 이 대사관 사이의 격차가 영화 전체에 흔적을 남겼고, 그것은 영화 속 곳곳에 남아 있어요. 나는 그것이 세상의 끝이라고 생각해요. 네, 〈인디아 송〉도 세상의 종말에 관한 영화라고 생각합니다. 우리가 세상의 종말에 처해 있다고 생각해요.

M. P. :

어떤 세상의 종말을 말씀하시는 건가요? 이를테면 어떤 특정한 사회의 죽음 말인가요, 아니면 그 이상입니까?

M. D. :

그 이상입니다. 내 말은 러시아와 미국이라는 통제된 두 블록만 이 땅에 남아 사막에서 서로를 바라보게 될 때 세상의 종말이 오리라는 겁니다. 그것이 기념

비적인 어리석은 짓거리라는 거죠. 할 일이 뭐가 남겠어요? 나는 우리의 소멸을, 유럽의 소멸을 생각합니다. 그건 단지 〈인디아 송〉에 쓰인, 〈인디아 송〉에서 얘기되는 이야기의 죽음이 아니라, 우리 역사의 죽음이지요. 내가 이 로스차일드 성에서 느낀 즉각적인 밀착감을 생각하면 다른 곳에서는 촬영할 수 없었을 것이기에 이 장소를 포기하느니 차라리 영화를 포기했을 겁니다. 이런 즉각적인 밀착은 단지 한 허구의 장소로만 설명될 수 있는 게 아니지요. 다른 무언가가 거기서 말하고 있었어요. 나는 세상의 종말을 말하기 위해 이 장소를 찾아낸 겁니다. 여기서 식민주의는 하나의 세부 사실이죠. 식민주의, 나병과 기아도 마찬가지이고요. 여기서 나병은 더 멀리까지 퍼졌고, 기아도 그랬던 것 같습니다. 기아는 〈인디아 송〉에도 닥쳐올 겁니다. 오지요.

죽음은 〈인디아 송〉 곳곳에 자리하고 있어요. 곳곳에, 석양 속, 빛 속에도 언제나 저녁이고 밤이 있고, 형태들 속, 꺼져가는 리셉션 속에도 죽음이 자리하고 있지요. 안-마리 스트레테르에게서 죽어가는 것은 그녀 자신의 우발성입니다. 제 말 이해하시겠어요? 그녀는 죽어서도 여전히 그곳에 자리하고 있는 것 같아요. 그래서 내 생각엔, 다른 여자가 와서 이 여자의 뒤를 잇는다는 건 생각조차 할 수 없는 일 같아요. 이름의 마법이 없다면 다른 여자도 같은 역할을 할 겁니다. 하지만 나는 다른 여자를 구상할 수가 없어요. 한 사랑이 끝나고 그렇게 쉽게 다른 사랑에 들어갈 순 없지요. 그건 불가능해요.

M. P. :

그런데 안-마리 스트레테르는 언제 자살하죠? 바다에서 자살하지요?

M. D. :

그렇습니다. 하지만 그게 자살인지는 모르겠군요. 그녀는 바닷물처럼 합류하지요…. 인도의 바다에, 모태 같은 바다에 합류하죠. 그녀의 죽음으로 무언가가 마무리됩니다. 그녀는 달리 어쩔 수가 없어요. 내 생각에 그건 전적으로 논리적인 자살, 조금도 비극적이지 않은 죽음이에요. 그녀는 그곳이 아닌 다른 곳에서는 살지 못합니다. 그 장소로 살고, 매일 인도가, 캘커타가 발산하는 절망으로 살고, 또한 그 때문에 죽지요. 그녀는 마치 인도에 독살당한 것처럼 죽습니다. 다르게 자살할 수도 있

겠지만, 그렇지 않아요. 그녀는 물속에서, 인도의 바닷
속에서 스스로 목숨을 끊지요.

여긴 어디지? 갠지스 강의 메소포타미아 세관소가 여기 에스 탈라S. Thala에 와 있는 건가?

저 닫힌 하얀 주거용 빌라들은 캘커타의 영국인 거주지역의 빌라들인가?

저 구름은 네팔 위에서 비를 쏟기 위해 다가오는 열대계절풍의 구름, 떠다니는 대륙인가?

그렇다. 그곳이 미끄러져 왔다. 그곳이 여기 와 있다. 우리는 사랑이 비워진 장소에 들어섰다.

〈갠지스 강의 여인〉

M. D. :

나는 여기, 이 건물[7] 안에서《롤 베 스타인》을 썼고, 그 책을 쓴 이 장소가 책의 장소가 된 건 나중입니다.《롤 베 스타인의 환희》의 일부인《사랑》도 여기에서 촬영되었지요.

나는 바다보다는 모래가, 해변이, 에스 탈라의 장소

---

7) 노르망디 해안 트루빌에 자리한 로슈 누아르 호텔로, 이곳이 아파트로 매각될 때 뒤라스는 프루스트가 즐겨 묵었던 방과 이웃한 객실을 구매한 뒤 마지막까지 매년 여름을 이곳에서 보냈다.

가 아닌가 싶어요. 이곳의 조수潮水는 놀랍지요. 썰물일 때 해변은 3킬로미터나 되어서 모래의 고장처럼 변하죠. 그 누구의 고장도 아닌, 이름 없는 고장이 되지요.

여행자: 여기가 어디죠?
여자: 여긴 강까지 에스 탈라예요.
여행자: 그러면 강 뒤쪽은요?
여자: 강 뒤도 여전히 에스 탈라지요.

〈갠지스 강의 여인〉

M. D. :

따라서 그건 획일적인 재료죠. 내 생각에 그건 모래이고, 〈갠지스 강의 여인〉의 사람들은 모래밭에 살지요. 그들은 그곳을 배회합니다. 온종일, 그리고 밤에도 모래밭을. 이건 주거지의 파기입니다. 그들은 거주하는 게 아닙니다. 모래밭의 배회, 그건 순수하고 동물적인 배회지요.

내 책들 속에서 내가 언제나 바닷가에 있었다는 걸 조금 전에 떠올렸어요. 나는 아주 어려서 바다와 관계를 맺었지요. 어머니가《태평양을 막는 제방》의 땅을, 그 제방을 샀을 때, 그리고 바다가 모든 걸 침범했을 때, 그래서 우리가 파산했을 때 말이지요. 나는 바다가 정말 무서웠어요. 내가 세상에서 가장 겁내는 것이 바다예요…. 나의 악몽들, 나의 무서운 꿈들은 언제나 조수와, 물의 범람과 연관되어 있어요.

《롤 베 스타인》의 다른 장소들도 모두 바다에 면한 곳들이고, 그녀는 언제나 바닷가에 있으며, 나는 소금 때문에 하얗게 변한 새하얀 도시들을 아주 오랫동안 보왔어요. 마치 롤라 발레리 스타인이 이동하는 길과 장소들을 소금이 뒤덮은 것 같아요. 그 모든 것이 바닷가 장소들이었고, 그것도 북쪽 바다, 내 어린 시절의 바다이기도 한 그 바다… 말하자면 한계 없는 바다에 속하는 장소들이라는 건 나중에 알았죠.

M. P. :

그러면 에스 탈라라는 이름은?

M. D. :

(미소) 그것이 에스 탈라가 아니라 탈라사라는 건 아주 늦게, 아주 뒤늦게 깨달았어요.

M. P. :

그걸 쓰면서 의도하신 게 아니었군요?

M. D. :

아뇨, 절대로 그건 아니에요. 그러나 아시겠지만 제가《히로시마 내 사랑》을 만든 건 16년 전이었고, 느베르Nevers[8], 프랑스의 느베르가 영어로 '네버never'라는 걸

---

8) 프랑스 중부에 위치한 도시로《히로시마 내 사랑》의 여주인공의 출생지이고, 그녀가 전쟁중에 독일군을 사랑한 죄로 1944년 스무 살에 삭발당하고 지하실에 머물렀던 곳이다.

깨달은 건 아마도 2년 전이었지요. 이렇게 종종 별 뜻 없이 그런 장난을 쳐요. 이상하지요.《영국 연인》에서는 모래밭에서, 모래섬에서 자라는 식물 얘기를 줄곧 합니다. 그곳엔 양떼도 있지요. 그 모래―《영국 연인》의 그 미친 여자는 언제나 모래 얘기를 하지요―가 시간이라는 것도 아주 최근에 깨달았어요…. 이런 걸 발견하면 기뻐요. 내가 의도하지 않은 것들, 이런 사고들 말이지요.

M. P. :

〈갠지스 강의 여인〉에는 바다가 전반적으로 자리하고 있더군요. 꼭 영화의 호흡처럼요.

M. D. :

그렇습니다. 그들은 바다 옆에 있고, 바다와 더불어

걷거나 나아가죠. 그들의 움직임은 조수의 움직임이지요. 그들은 도시를 마주하고 있고, 도시는 한 덩어리의 기념비처럼, 블록처럼 제시되죠. 그들은 지루해하지 않아요. 흥미를 갖고 걷지요. 그들의 눈길은 순수한 눈길이고, 무엇에도 기대지 않는 눈길이에요. 바다를 바라보는 건 모든 것을 바라보는 것이지요. 그리고 모래를 바라보는 건 모두를, 전체를 바라보는 것이고요.

M. P. :

조금은 바다처럼 말이지요, 끊임없이 움직이는? 영화가 멈춰도 영화는 계속될 수 있을 테지요, 아니, 영화는 계속될까요?

M. D. :

그렇습니다…. 하지만 그건 영화 전에 시작되었지요. 그들은 영화가 왔을 때 이미 오래전부터 그곳에 있었습니다. 그리고 지금도 있고요…. 말하자면 내게는 그들이 아직 거기 있습니다. 영화는 끝났지만 여전히 거기 있지요. 〈갠지스 강의 여인〉을 생각해보면 그들은 거기 있어요. 여전히 쉬지 않고 걷고 있고, 드넓은 모래밭을 가로지르고 있지요.

이야기. 이야기는 시작된다.

그것은 바닷가 산책, 외침, 몸짓, 바다의 움직임, 빛의 움직임 전에 시작되었다.

그러나 그것은 이제 눈에 보이게 된다.

모래에, 바다에 이미 뿌리를 내리고 있다.

《사랑》

M. D. :

〈갠지스 강의 여인〉이 내게는 대단히 중요한 영화입니다. 어쩌면 다른 영화들보다 훨씬 더, 〈인디아 송〉보다 훨씬 더 그럴 겁니다. 왜냐하면 〈인디아 송〉은 발견될 잠재상태로 〈갠지스 강의 여인〉 속에 이미 있었던 것 같기 때문이지요. 다시 말해, 〈갠지스 강의 여인〉 속에 이미 있었던 그것을 모래 속에서 꺼내야, 모래밭 밖으로 빼내야 했던 거지요.

그러나 거기 있었죠. 〈갠지스 강의 여인〉… 전에는 아무것도 없었던 것 같아요. 그러니까 제 말은… 제 내면에 말이지요. 가끔은 이 작품과 더불어 글쓰기를 시작했다는 느낌이 들어요.《롤 베 스타인의 환희》,《사랑》,《갠지스 강의 여인》과 더불어 말이지요. 그러나 글쓰기, 글쓰기의 폭은 영화와 더불어 넓어졌다는 느낌이 들어요.《롤 베 스타인》은 글을 쓰는 순간이었고,《사랑》도 그렇지요. 하지만《갠지스 강의 여인》과 더불어 모든 게 섞였지요. 마치 내가 시간을 거슬러 올라간 것처럼, 그래서 책들 이전의 영역에 도달한 것처럼 말이지요. 〈갠지스 강의 여인〉을 구상했을 때 나는 미쳤더랬지요. 〈갠지스 강의 여인〉의 목소리를 찾아내고서 불안감에 사로잡혀 미칠 것만 같았지요. 하지만 이곳은 불안의 장소예요. 어쩌면 나의 장소지요.

게다가 마치 모든 것이 글로 쓰인 것 같고, 〈갠지스 강의 여인〉도 하나의 텍스트를 이루는 것 같아서 그걸 해독해야만 했어요. 그들이 바닷가를 걷는 동안 그것은 쓰이고 또 쓰여서, 내가 정말 《갠지스 강의 여인》이나 《사랑》을 썼을 때는 그저 거기서 일부를 떼어냈을 뿐이에요. 반면에 영화 속에서는 온전히 쓰였죠. 심지어 침묵의 배회 순간들마저 글로 쓰인 순간들이었죠. 어쩌면 읽을 수는 없어도, 글로 쓰인 순간들이었어요. 그런가 하면 글쓰기에서는, 마치 오직 언어를 초월해야만 혹은 엄밀한 의미의 글쓰기를 초월해야만 온전히 쓸 수 있다는 듯이, 그 글의 일부만 통과되는 겁니다.

내게 바다는 온전히 글로 쓰였어요. 그것은 페이지들, 빼곡히 채워진 페이지들, 가득 채워져서 텅 빈, 쓰여서 읽을 수 없는, 글로 가득한 페이지들 같지요.

요컨대, 그렇습니다. 이것은 영화의 문제를, 이미지의 문제를 제기해요. 글로 옮길 때 우리는 언제나 쓰이는 글에, 언어에 압도당하지요. 그렇지 않습니까? 모든 걸 표현하기가, 모든 걸 고려하기가 불가능하지요. 그런데 이미지 안에서는 온전히 쓸 수 있지요. 촬영된 모든 공간은 쓰이고, 그러면서 책의 공간보다 백 배로 커집니다. 하지만 제가 이걸 발견한 건 〈갠지스 강의 여인〉에서이지, 다른 영화들에서도 그랬던 건 아닙니다.

　　M. P. :

　　〈갠지스 강의 여인〉 이전에는 아니라는 겁니까?

　　M. D. :

　　그렇습니다. 외관상 대단히 기술記述적인, 거의 수다스러울 정도인《히로시마 내 사랑》에서조차도 그렇지 않았지요. 맞아요.《히로시마》는 좀 수다스럽지요.

　　《갠지스 강의 여인》은 그렇지 않습니다. 이 글은 수다스럽지 않아요. 수다스러운 건 입말입니다. 글말은 절대로 그렇지 않아요. 하지만 90퍼센트의 책들이 입말로 이루어졌죠. 게다가 어떤 책들에서 다른 책들로, 어떤 영화들에서 다른 영화들로 넘어서는 그 문턱이 분명히 느껴지죠.

여행자는 등을 돌린 채 모래밭의 어느 지점을 응시하고
있다. 벽과 벽 사이에 붙들린 바다의 웅성거림이 울린다.

목소리 1:

나도 가끔 다른 기억이 떠올라요….

(침묵.)

목소리 2:

사람들이 있네요. 뭐랄까 꼭….

목소리 1:

아뇨… 그냥 모래예요…. 바다예요… 아무것도 아니에
요….

(침묵.)

목소리 1:

오늘은 대기에서 소금과 요드 냄새가 나네요…. 그렇지
않나요?

목소리 2:

그래요.

목소리 1:

있을 수 없는 욕망, 참으로 무시무시한 욕망입니다….

엄청난 사랑이에요.

여행자는 계속 바라보고 있다.

목소리 1 :

지금도 죽고 싶으세요?

목소리 2 :

네.

그러다 잊어요….

그리고 바라보죠….

〈갠지스 강의 여인〉

M. D. :

　내 영화 속에서 나는, 당연한 일이지만, 아무 동작도 하지 않아요. 내 책들 속에서도 문체의 힘이 점점 없어져요. 나는 같은 장소에 남아 있습니다. 같은 장소에서 글을 쓰고 영화를 만들지요. 장소를 바꾼들 마찬가지예요. 영화에 대해서는 해명할 수 있어요. 영화라면 설명할 수 있는 게 많습니다만, 글에 대해서는 전혀 그렇지 못해요. 내 말 이해하시겠어요? 그러니까… 글은 내게 아주 어둡게 남아 있어요. 영화에 관해서는, 만들어진 영화에 대해, 만들어진 영화 대부분에 대해 혐오감 같은 게 느껴져 제로에서부터 아주 원시적인 문법으로… 대단히 단순하고 거의 초보적인 문법으로 다시 시작하고 싶어요. 움직이지 않고 모든 걸 다시 시작하고 싶어요.

　어쨌든, 나는 내가 만드는 영화도 내 책들과 같은 장소에서 작업합니다. 그걸 나는 열정의 장소라고 불러요. 우리가 귀도 먹고 눈도 머는 장소이지요. 저는 할 수 있는 한 최대한 그 자리에 있으려고 애써요. 보는 이의 마음에 들려고, 보는 이를 즐겁게 하려고 만드는 영화,

그런 영화를 뭐라고 불러야 할까요, 나는 그걸 토요일의 영화, 혹은 소비사회의 영화라고 불러요. 그런 영화는 관객의 자리에서 만들어지죠. 대단히 명확한 요리법에 따라서요. 상영 시간 동안 관객을 붙들어두고 즐겁게 해 주기 위해서 말이지요. 일단 상영이 끝나면 그런 영화는 아무것도 남기지 않아요. 아무것도. 끝나자마자 바로 지 워지는 영화죠. 내 영화는 이튿날 시작되는 듯한 느낌이 들어요. 독서처럼 말이에요.

바다, 그러나 잔잔한 바다. ― 낮, 그러나 흐린 날.

미친 사람: 그는 거기서 걷고 있었고, 여전히 걷고 있으며, 빛 속에 잠기진 않았다. 그는 멈추지 않고 여전히 완전히 헤매며 에스 탈라에 있다. 그와 더불어 영화는 여기, 에스 탈라에서 다시 시작된다.

목소리 1:

저 사람은 뭘 하는 거죠?

목소리 2:

그야, 감시하고 있죠.

목소리 1:

바다를요?

목소리 2, 망설이며 :

아뇨….

목소리 1:

빛의 움직임을요?

목소리 2 여전히 망설이며:

아뇨….

목소리 1:

기억을요?

목소리 2 :

아, 어쩌면 그런지도 모르겠네요…. 어쩌면….

〈갠지스 강의 여인〉

M. D. :

그렇습니다. 그는 기억을 지키는 겁니다. 그는 기억을 잃고, 기억을 지키고 있어요. 그는 미친 사람입니다. 그는 "나는 미친 사람이오"라고 말하죠. 이렇게도 말합니다. "다른 사람들은 이렇거나 저렇거나 한데, 나는 미치광이요, 미쳤다고요. 난 미친 사람이오"라고요. 이건 등치관계지요.

M. P. :

그 미친 사람이 홀에서 춤추는 장면이 떠오릅니다. 〈갠지스 강의 여인〉의 대본에 이렇게 쓰셨죠.

"에스 탈라의 노래 첫 소절은 그의 입에서 나온다. 그것은 다시 시작된다. 이 첫 문장은 여러 번 들린다. 미친 사람, 미친 사람의 퀭한 형체는 모두의 기억을 관통한다. 모든 것의 기억이 관통하는, 구멍 숭숭 뚫린 머리는 여기서 벽과 하나가 된다."

M. D. :

맞아요. 구멍 숭숭 뚫린 체처럼 모든 게 통과하는 머리지요. 그렇습니다. 그는 아무 존재도 아니어서 그어떤 것에도 저항하지 않아요. 내게 기억은 모든 장소에

퍼진 무엇이어서, 나는 그런 식으로 장소들을 지각합니다….

M. P. :

장소들이 이야기를 품고 있나요?

M. D. :

그렇습니다. 이를테면, 내가 내 정원을, 들판을, 아니면 여기서는 해변을 거닐면서 대단히 먼, 헤아릴 길 없이 먼 어떤 것들을 다시 떠올리지 않는 경우는 아주 드물어요. 그런 건 마치 내뿜는 입김처럼 다가오죠. 장소들이 그 기억을 은닉하고 있는 게 아닐까 싶어요…. 우리가 문화적인 혹은 사회적인 저항으로 맞서지 않는다면 우리는 그 기억에 젖게 될 수도 있어요. 그 미친 사람은 다공질이죠. 그 사람은 아무것도 아니에요. 그래서 사물들이 그를 완전히 관통하지요. 따라서 에스 탈라의 이야기도 그를 관통하는데, 에스 탈라의 이야기는 롤 베스타인의 이야기와 하나이자 같은 것이지요.

"에스 탈라.

그들은 걷고 있다. 그들은 에스 탈라에서 걷고 있다.

그녀는 시간을 마주하고, 담장 사이로 꼿꼿이 걷고 있다.

여행자가 말한다.

– 열여덟 살.

그는 덧붙인다.

– 당신 나이가 그랬지요.

그녀는 눈을 들고 굳은 채 눈앞의 풍경을 바라본다.

그녀는 말한다.

– 이젠 모르겠어요."

《사랑》

M. P. :

에스 탈라의 무도회가 있고 10년 뒤에 돌아온 롤도 〈갠지스 강의 여인〉의 인물들처럼 해변을 걷지요….

M. D. :

여기서 우리는 오롯이 육신의 세계에 있는 겁니다. 걸으면서 다른 기억이 찾아오고 한 기억이 떠나면서 이 동이 이루어지죠.

M. P. :

그렇군요….

M. D. :

성찰하면서가 아니에요. 그렇습니다. 롤 베 스타인 은 성찰하지 못해요. 그녀는 성찰하기 전에 살기를 멈췄 지요. 어쩌면 그 점 때문에 그녀가 내게 이토록 소중한 지도, 이토록 가까운 건지도 모르겠네요…. 성찰은 시간 입니다…. 내 생각엔 미심쩍은 시간이지요. 나를 권태롭 게 하는 시간이에요. 그래서 내 인물들을 보시면 모두 시간보다 앞서가고 있어요. 그러니까 내가 좋아하는 인 물들, 내가 깊이 사랑하는 인물들 말입니다.

아마도 그건 내가 글을 쓸 때 이르려고 애쓰는 상

태입니다. 극도로 몰두한 경청 상태지만, 외부의 상태지요. 글을 쓰는 사람들은 당신에게 이렇게 말하지요. 글을 쓸 때 우리는 집중한다고 말이지요. 나는 이렇게 말할 겁니다. 아뇨, 나는 글을 쓸 때 극단적으로 긴장이 이완된 상태가 된 느낌이 들어요. 내가 나를 전혀 소유하고 있지 않지요. 나 자신이 하나의 체가 됩니다. 구멍 숭숭 뚫린 머리를 갖게 되지요. 오직 그런 상태로만 내가 쓰는 것을 설명할 수 있어요. 왜냐하면 내가 쓰는 것에는 내가 알아보지 못하는 것들도 있거든요. 따라서 그런 것들은 다른 곳에서 내게 오는 것이니, 글을 쓸 때 나는 혼자 쓰는 게 아닙니다. 하지만 그걸 나는 알지요. 백지 앞에 혼자라고 믿는 건 자만입니다. 사실은 모든 것이 사방에서 오니까요. 물론, 시간은 달라서, 어느 정도 멀리서 오고, 당신에게서 오고, 어느 타인에게서 오지만 그건 중요하지 않아요. 어쨌든 외부에서 오는 거예요.

글을 쓸 때 당신에게 닥치는 건 아마도 그저 체험의 덩어리일 겁니다. "그저"라고 말할 수 있는지 모르겠지만요…. 그런데 분류되지 않고, 합리화되지 않은 그 체험 덩어리는 일종의 원초적 무질서 속에 있지요. 우리는 자신의 체험에 붙들려 있습니다. 그 체험이 하는 대로 내버려 두어야 하죠. 롤 베 스타인은 에스 탈라의 체험에, 무도회에 완전히 사로잡힌 인물입니다. 체험이라는 말은 그리 근사한 말이 아니지만 달리 대체할 말이 떠오르지 않네요…. 체험에 사로잡힌 그녀는 마치 귀신 들린 장소가 된 것 같지요.

그녀는 기억과 타협하지 못하고, 기억에 짓눌립니다. 그 기억은 매일, 그녀가 살아가는 매일 새로워지고, 신선함을, 일종의 원초적 신선함을 다시 얻습니다. 그렇습니다. 롤 베 스타인은 매일 모든 것을 처음으로 기억하는 인물이지요. 그 모든 것은 매일 반복되고, 그녀는 마치 롤 베 스타인의 날들 사이에 가늠할 길 없는 망각의 구렁텅이가 있기라도 한 것처럼 매일 처음인 양 그것을 떠올립니다. 그녀는 기억에 습관이 들지 않아요. 게다가 망각에도 습관이 들지 않지요. 하지만 그녀는 글 속에 여전히 매우 깊이 박혀 있지요. 나는 그녀를 한 번도 본 적이 없습니다. 롤 베 스타인을…. 정말 그렇습니다. 물에 빠진 익사자 같아요. 다시 수면에 나타났다가 다시 물속으로 사라지는 익사자요. 나는 그녀를 그렇게 봅니다. 롤 베 스타인은 수면 위로 나타났다가 다시 사라집니다. 하지만 나는 그녀가 정확히 누구인지 알지 못한 채 아마도 죽어갈 겁니다. 내가 책을 만들 때는 무엇을 만들었는지 대략 압니다. 어쨌든 나도 조금은 그 책의 독자이기도 하니까요. 그러나 롤 베 스타인을 만든 때는 그것이 나를 완전히 벗어났지요.

물론, 나는 롤 베 스타인을 영화에서 보여줄 수 있습니다만, 숨겨서만 보여줄 수 있어요. 해변에 죽은 개처럼 모래에 뒤덮인 모습으로 말이지요….

M. P. :

〈갠지스 강의 여인〉에서 말이지요….

M. D. :

맞아요. 〈갠지스 강의 여인〉에서예요. 헷갈렸어요…. 맞습니다. 그녀는 카지노 밖에서 기다리죠. 해변에 누워 있는데, 반쯤 죽은 듯 보이고, 손가락들은 반쯤 모래에 파묻혀 있어요. 그녀는 젊은 아가씨들이 드는 백을 옆에 가지고 있어요. 그렇게 새하얗게, 반쯤 죽은 듯 잠들어 있어요. 나는 그곳의 그녀를 봅니다. 그녀가 보입니다. 그러나 살아 있는 모습이에요…. 나는 그녀가 보는 것을 봅니다. 그녀의 남편을, 그녀의 아이들을, 그녀의 도시들을, 그녀가 배회하는 도시들을, 그녀의 친구들을, 그리고 그녀의 집들을, 담장들, 정원들, 산책로들을 봅니다. 그러나 그것을 바라보는 그녀의 얼굴은 보지 못합니다.

M. P. :

《롤 베 스타인》 영화를 만드신다면, 무도회 장면을 만드신다면 그녀를 보여주실 것 아닌가요?

M. D. :

그렇습니다. 그녀를 보여줘야겠죠. 하지만 파괴된, 이미 촬영된 모습일 겁니다. 책에서 나온, 책에서 튀어나온 모습이 아니라 해설로 독서로 이미 훼손된 모습이요. 어쨌든 곳곳에 번역된 책이니까요. 거의 세계 곳곳에 말이지요. 따라서 이미 많은 손과 많은 의식을 거쳤지요. 이것만으로도 이미 매춘입니다. 내가 처음 보았을 때의 롤 베 스타인, 내 안에서 불쑥 솟아 나오던 그녀를 나는 더는 되찾지 못할 겁니다. 그녀는 당신들에게 있어요. 롤 베 스타인은 타인들에게 있지요…. 그녀가 에스탈라의 무도회를 향해, 자기 출생을 향해 다시 거슬러

오를 때는 이미 매춘부처럼 망가졌어요. 분을 덕지덕지 바르고, 보석을 잔뜩 걸치고, 화장과 보석에 짓눌려 쓰러질 듯했지요. 이상하지만, 8년 전인지 9년 전에 이곳에서 나온 이 인물을 내가 지금도 보는 것처럼 믿게 할 수는 없으니 영화를 만들지는 않을 겁니다. 영화를 만든다면 롤 베 스타인의 넝마, 유물들로 만들게 되겠죠. 단지 그것으로만 롤 베 스타인에 관해 작업할 수 있어요. 보시다시피 롤 베 스타인은 의미가 없습니다. 아무런 뜻이 없어요. 롤 베 스타인은 당신들이 만드는 것일 뿐, 다르게는 존재하지 않아요. 그녀에 관해 방금 내가 무언가를 말한 것 같군요. 내게 한 가지 의미가 있었죠. 그녀가 나왔을 때, 아니 그보다는 내가 그녀와 맞닥뜨렸을 때 내게는 한 가지 의미가 있었어요. 그녀가 내게서 나왔다고 말할 수는 없지만, 절대 그렇게는 말할 수 없지만, 그 후 그녀는 원하는 사람의 것이 되었죠…. 그러고 보니 뭔가가 떠오릅니다…. 그래요….

M. P. :

안-마리 스트레테르가 원하는 사람의 것이듯이….

M. D. :

그렇습니다. 이것이 나의 매춘이죠.

M. P. :

하지만 그건 욕망이 아닌가요….

M. D. :

아, 물론 그렇지요. 책은 그랬죠, 맞습니다. 내가 책을 쓰는 동안 어느 한순간—아마 이미 말한 것 같지만—두려운 순간이 있었어요. 나는 비명을 내질렀지요. 무언가 한계를 넘어섰고, 나의 이해능력을 벗어났던 것 같아요. 우리는 문턱들을 넘어설 수는 있지만, 그런 건 명료한 의식으로는 표현되지 않지요. 아마도 어떤 불투명한 문턱이지요. 어쩌면 문턱을 넘어서고는… 더 큰 불투명성 속에 떨어졌는지도 모릅니다. 그 때문에 나는 비명을 내질렀지요. 그걸 기억하고서. 전에는 한 번도 그런 일이 없었어요. 나는 글을 쓰고 있다가 별안간 내가 내지르는 비명을 들었던 거지요. 겁이 났던 겁니다. 그건 학습된… 두려움이었죠. 머리가 돌아버리면 어쩌나 하는 두려움 말이죠….

M. P. :

작가님의 책 속 여자들은, 롤 베 스타인, 안-마리

스트레테르를 염두에 두고 하는 말입니다만, 언제나 욕망이지요….

M. D. :

여자는 욕망이지요.

M. P. :

여자는….

M. D. :

우리는 절대로 남자들과 같은 장소에서 글을 쓰지 않아요. 여자가 욕망의 장소에서 글을 쓰지 않는다면 글을 쓰는 게 아니라 표절을 하는 겁니다.

M. P. :

〈갠지스 강의 여인〉에서 작가님은 이야기 바깥의 두 목소리를 활용하십니다. 그 목소리는 욕망의 관계로 서로 이어져 있는 여자들의 목소리지요. 〈인디아 송〉의 초반부 목소리들도 서로 욕망하는 두 여자의 목소리고 요….

M. D. :

그렇습니다, 하지만 그 모든 곳에 자리한 건 바로 접니다. 아마 두 여자도 그렇습니다. 나는 동시에 곳곳에 있을 수 없죠. 그래도 글을 쓸 때 모든 걸 쏟아붓고 싶은데, 나는 여럿이 아닙니다…. 그런데 목소리들은 사방에서 내게 말을 하죠. 그래서 나는 어쨌든 그런 범람을 조금은 고려하려고 애씁니다. 나는 오랫동안 그것이 외부의 목소리들이라고 믿었죠. 하지만 이제는 그렇게 생각하지 않아요. 나라고 생각합니다. 글을 쓰지 않았다면, 내가 좀 더 잘 이해했다면, 내가 여자들을 사랑했다면, 혹은 내가 한 여자를 사랑했다면, 내가 죽었다면, 내가 이해했다면 등등… 모두 나라고 생각해요. 이건 우리가 자기 내면에 품고 있는 일종의 다수성이죠. 우리 모두가 그걸 품고 있지만, 대개 그것은 목이 졸리고 말죠. 대개 우리는 빈약한 하나의 목소리밖에 내지 못하고, 그걸로 말하지요. 밖으로 범람해야 마땅한데 말입니다….

1.《연인》의 작가

어느 날, 이제는 늙어 버린 '나'에게 한 남자가 다가와 말한다. 오래전부터 당신을 알고 있어요. 당신은 젊었을 때 더 아름다웠다고 모두가 말하는데, 저는 젊었을 때보다 지금의 당신이 더 아름답다고 생각해요. 그 말을 하려고 왔어요. 저는 당신의 젊은 얼굴보다 초췌한 지금의 얼굴이 더 좋습니다…. 마르그리트 뒤라스의 소설《연인》은 이런 장면으로 시작된다. 오래전에 이 첫머리를 읽고서 홀린 듯 독서에 빠져들었던 기억이 생생하다. 그런 독자가 수없이 많았을 게 틀림없다. 1984년에 출간되자마자 세상을 발칵 뒤집어 놓은 소설이니 말이다. 그런데 《연인》은 원래 제목이 '연인'도 아니었고, 소설도 아니었다. 처음엔 '절대 사진La photographie absolue'이라는 제목의 80쪽 남짓한 사진집이었다. 알코올중독으로 힘든 시기를 겪고 있는 뒤라스를 위해 그의 아들이 인도차이나 시절을 회고하는 사진들을 모았고, 거기에 작가가 글을 붙인 것이다. 뒤라스는 이 텍스트를 소설로 대폭 수정해 문학상을 향한 경연이 한창 펼쳐지는 시기에 탈고했다. 작가는 이 소설이 평단으로부터 외면받으리라 예상했으나, 원고를 읽은 출판사는 상당한 판매를 자신하고 초판을 2만5천 부나 발행했다. 당시 직원이 10명뿐이었고, 그때까지 최고 판매기록이 고작 만 부였던 미뉘 출판사로서는 큰맘 먹은 결정이었다. 그런데 책이 출시되고 단 이틀 만에 출판사는 중쇄를 해야 했고, 〈렉스프레스〉〈르몽드〉〈르 마탱〉〈누벨 옵세르바퇴르〉 등 신문들은 앞다투어 이 책에 대한 찬사를 쏟아냈다. 《연인》은 그해 공쿠르상까지 받고서 말 그대로 날개 돋친 듯 팔려나갔다. 단 몇 달 만에 25개국어로 번역되고 밀리언셀러가 된 이 소설은 40년 가까이 지난 지금까지 역대 공쿠르 수상작들 가운데 가장 많이 읽힌 책으로 남아 있다.[1] 그러니 많은 이들에게 마르그리트 뒤라스는 무엇보다 《연인》의 작가로 기억되지만, 이 소설은 뒤라스가 스물아홉 살에 첫 소설을 발표한 뒤 이미 30여 편의 작품을 펴내고서 일흔 나이에 쓴 작품이다. 《연인》 이전까지 뒤라스는 꽤 충실한 독자층을 확보하고 있긴 했어도 대중적으로 많이 알려지진 않았다. 《연인》과 더불어 뒤라스는 존엄한 뒤라스, '라 뒤라스la Duras'가 되었다.

2. 뒤라스의 그곳들

"집은 한 사람이 시작되는 곳이다", 라고 T. S. 엘리엇은 말했다. 작가도 대개 어느 특정한 공간에서 탄생한다. 병약했던 프루스트는 벽면마다 코르크를 붙여 소리를 차단한 침실에서 침대에 누운 채 13년을 꼬박 쏟아

---

[1] 《연인》이 3백만 부가량 팔리면서 지금까지 1위 자리를 지켜오고 있는데, 2020년 수상작인 에르베 르 텔리에의 《아노말리》가 그 뒤를 바짝 추격하고 있다고 한다.

부어 방대한 작품《잃어버린 시간을 찾아서》를 써냈다. 이 특별한 공간이 없었다면 프루스트가 그 엄청난 작업을 이루어낼 수 있었을까? 어쩌면 창작은 공간에 생각보다 큰 빚을 지고 있는지 모른다.

1976년 5월 프랑스 국영 텔레비전 채널 TF1에서 2부작으로 방영한 뒤라스에 관한 다큐멘터리의 제목은 '마르그리트 뒤라스의 장소들'이었다. 그 방송을 제작한 영화감독 미셸 포르트가 다큐멘터리를 위해 뒤라스와 나눈 대담을 엮은 것이 바로 이 책이다. 글을 쓰고 영화를 만드는 뒤라스의 "강렬한 열정이 분출하는 장소들"[2]은 어떤 곳일까?

가장 먼저 노플르샤토에 있는 집이다. 작가가《태평양을 막는 제방》의 영화 판권 계약금으로 마련해, 자신의 이름으로 처음 갖게 된 곳이다. 뒤라스는 그 집을 보고 한눈에 반해 그 자리에서 샀고, 그 후 그 집에서 "화산이라도 폭발한 것처럼 미친 듯이" 글을 썼다. 작가

---

2) "다른 곳들보다 더, 내 안의 강렬한 열정들이 분출하는 장소들이 존재해요",
《뒤라스의 말》, 198쪽.

는 자신의 글쓰기가 그 집과 어떻게 이어져 있는지 이렇게 털어놓는다.

"그렇게 집에 있은 지 십 년째다. 혼자. 책을 쓰기 위해서다…. 이 집의 고독은 내가 만들었다. 나를 위해서였다…. 글을 쓰기 위해, 이전까지 써온 것과 다르게 쓰기 위해서였다. 나 자신도 알지 못하고, 한 번도 마음먹어 본 적 없고, 누구도 마음먹어 본 적 없는, 그런 책들을 쓰기 위해서였다. 나는 이 집에서《롤 베 스타인의 환희》와《부영사》를 썼다. 그 뒤에 다른 책들도 썼다. 모든 것에서 멀리 떨어져서, 나 자신과 나의 글쓰기, 그렇게 단둘이었다…. 나의 책들은 이 집에서 나온다."3)

《롤 베 스타인의 환희》와《부영사》는 뒤라스에게 매우 중요한 작품이다. 대단히 파격적이고 함축적인 이 작품들은 뒤라스 소설의 문제작으로, 혹은 정수로, 혹은 "가장 아름다운 작품"4)으로 꼽힌다. 두 소설은 같은 인

---

3) 마르그리트 뒤라스,《마르그리트 뒤라스의 글》, 민음사, 10쪽.

물들이 등장하는 변주 같은 작품이다. 작가가 가장 좋아하고 깊이 사랑한다고 말하는 두 여자, 롤 베 스타인과 안-마리 스트레테르가 그 중심에 자리하고 있다. 열아홉 살의 여자 롤 베 스타인과 그녀의 약혼자 마이클 리처드슨이 결혼을 앞두고 에스탈라 시의 카지노에서 열린 무도회에 참석하는데, 무도회장에 들어선 성숙하고 아름다운 여인 안-마리 스트레테르를 보고 마음이 흔들린 마이클은 약혼녀를 버려둔 채 그녀와 춤춘 뒤 함께 무도회장을 떠난다. 두 작품의 토대가 되는 이 원초적 사건은 다른 작품들로 이어져 변주된다. 《롤 베 스타인의 환희》가 《사랑》을 낳고, 《사랑》은 영화 〈갠지스 강의 여인〉으로 재탄생하고, 《부영사》는 다시 영화 〈인디아 송〉을 낳는다.

작가는 마치 연극무대에서 이야기가 펼쳐지길 기다리듯 노플르샤토 집에서 기다리다가 롤 베 스타인이며 나탈리 그랑제 같은 인물들을 떠올렸다고 말한다.[5]

---

4) 뒤라스가 사망한 직후, 〈라 크루아La Croix〉지에 미셸 크레퓌Michel Crépu가 쓴 기사 "온 삶이 글이 되는 작가, 마르그리트 뒤라스Marguerite Duras, une vie entière à s'écrire"에서 인용.

영화〈나탈리 그랑제〉는 이 집에서 탄생했고 촬영되었
다. 또한《히로시마 내 사랑》여주인공의 고향 마을 회
상 장면도 이 집에서 촬영되었다. 그러니 작가가 자신이
창조한 모든 여자와 이 집에서 함께 살았다고 말할 만
하다. 거의 모든 작품에서 여성을 중심인물로 내세운 뒤
라스는 이 책《뒤라스의 그곳들》에서 남성과 달리 여성
이 장소와 맺는 특별한 관계에 대해서도 흥미로운 성찰
을 풀어낸다.

뒤라스의 내밀한 지리에서 큰 자리를 차지하는 또
하나의 중요한 장소는 단연코 인도차이나다. 작가가 태
어나서 대학입학 전까지 살았던 인도차이나는 작가 뒤
라스를 낳은 땅이다. "내 글쓰기는 전부 그곳의 논과 숲
과 고독 사이에서 싹텄다"[6]고 작가 스스로 말하듯이,
그곳은 뒤라스 작품 세계의 질료가 되고, 풍경이 되었
다. 자전적 소설《태평양을 막는 제방》과《연인》의 직접

---

5) 마르그리트 뒤라스, 레오폴디나 팔로타 델라 토레,《뒤라스의 말》, 마음산책,
    197쪽.
6) 《뒤라스의 말》, 17쪽.

적인 무대가 되고, 작가가 그곳에서 실제로 만났거나 떠
도는 소문으로 들은 인물들이 안-마리 스트레테르나 거
리를 떠도는 미친 여자 걸인이 되어 《부영사》, 〈인디아
송〉, 《연인》에 반복적으로 등장해 뒤라스의 고유한 세
계를 구성한다. 인도차이나를 빼고 작가 뒤라스를 생각
하기란 불가능하다.

그리고, 뒤라스가 1963년에 노르망디 트루빌의 바
닷가에 마련한 또 하나의 거처가 있다. 1866년에 세워
진 로슈 누아르라는 격조 있는 호텔이 문을 닫으면서
개별 아파트로 매각될 때 구매한 집이다. 프루스트가 즐
겨 묵었던 방과 바로 이웃한 그곳에서 뒤라스는 끝없이
펼쳐진 바다를 바라보는 걸 좋아해서 마지막까지 매년
여름을 보낸다. 트루빌은 노플르샤토와는 다른 해변 풍
경과 고독을 제공하는 또 하나의 영감의 공간이 된다.

"트루빌에는 해변이, 바다가, 광활한 하늘이, 모래가 있
었다. 이곳은, 그렇다. 고독이었다…. 트루빌은 내 삶 전체
의 고독이다. 그 고독, 그 철옹성 같은 고독이 여전히 나를

감싼다. 때로 나는 문을 전부 걸어 잠그고, 전화를 끊고, 나의 목소리를 끊는다. 아무것도 필요하지 않다."7)

트루빌에서 작가는 《롤 베 스타인》을 마무리 지었다. 롤 베 스타인, 〈인디아 송〉의 인물들, 《연인》의 여자 걸인…. 뒤라스의 작품에는 유난히 바닷가를 걷는 장면이 많은데, 트루빌의 바다가 그 인물들이 걷는 바닷가의 배경이다. 《롤 베 스타인의 환희》와 《사랑》, 《에밀리 L》에 등장하는 바다가 그렇고, 그곳에서 촬영된 영화 〈갠지스 강의 여인〉, 〈인디아 송〉, 〈트럭〉, 〈아가타〉의 바다도 그렇다.

뒤라스 내면의 지리를 형성하는 이곳들은 그저 머무는 장소가 아니다. 작가가 사랑한 그곳들은 기억과 이야기를 품은 공간이다. 작가는 그 장소들에 홀로 머물거나 거닐며 벽이, 정원이, 숲이, 바다가 내뿜는 이야기에 귀를 기울이는 듯 보인다. 그렇기에 자신은 글을 홀로

7) 《마르그리트 뒤라스의 글》, 14쪽.

쓰는 게 아니라 주변의 모든 것과 더불어, 모든 것에 기대어 쓴다고 말한다.

> "글을 쓸 때 나는 혼자 쓰는 게 아닙니다. 백지 앞에서 혼자라고 믿는 건 자만입니다. 사실은 모든 것이 사방에서 오니까요."

뒤라스는 "바다를 바라보는 건 모든 걸 바라보는 것이다"라고 말했는데, 뒤라스에게 각별한 '그곳들'을 바라보는 건 어쩌면 작가 뒤라스의 모든 걸 바라보는 것일지도 모른다.

3. 숭배와 비방 사이

뒤라스는 분명 20세기 후반 프랑스 문학을 대표하는 얼굴 중 하나이고, 영화계에도 무시할 수 없는 흔적을 남긴 인물이다. 하지만 그에 대한 평가는 언제나 극과 극으로 나뉘었다. 격찬을 쏟아내며 뒤라스식 글쓰기를 추앙하는 이들이 있는가 하면, 비방과 조롱을 쏟아낸 이들도 있다. 작가의 이름에 따라붙는 수식어들도 갈린 다. "시적이다", "난해하다", "읽기 힘들다", "매혹적이다", "위풍당당하다", "당혹스럽다", "파격적이다", "도발적이 다", "지루하다", 심지어 "위험하다"라는 말까지 보인다. 뒤라스의 글쓰기에 강한 거부감을 표출한 평론가도 있 고, '마르그리트 뒤라이Marguerite Duraille[8]'라는 가명으로 뒤라스의 작품을 패러디하며 집요하게 조롱한 작가도 있다. 독자는 이런 상반된 평가 앞에서 갈피를 잡지 못 하고 난감해지기 일쑤다. 뒤라스를 제대로 이해하려면 뒤라스식 문체, 뒤라스의 글쓰기가 어떤 것인지 살펴볼 필요가 있겠다.

4. 침묵의 글쓰기 또는 부재의 시학

어느 대담에서 작가는 뒤라스식 글쓰기가 무엇인

---

8) 프랑스어로 duraille는 '딱딱하고 어렵다'는 의미다.

지 묻는 물음에 "말이 오도록 내버려두는 것, 그것이 올 때 붙드는 것…, 책의 바람이 불도록 내버려두는 것"[9] 이라고 답한다. 뒤라스에게 글쓰기란 머릿속에서 미리 완벽하게 구축한 이야기를 옮겨 적는 것이 아니라, 무 엇이 될지 결정하지 않은 채 흩어져 있는 요소들을 쌓 아 올려 이야기를 완성해가는 작업인 것처럼 보인다. 작 가 스스로 말하듯이 그의 글은 선형적이고 논리적인 흐 름을 좇지 않아서 "막 창조되려고 부단히 움직이는 세 계를 겨냥한 미완성의 책"[10] 같다. 그의 글엔 암시와 침 묵과 균열이, 숭숭 뚫린 구멍이 가득해 보이는데, 작가 는 바로 그런 균열과 빈틈과 침묵에서 무언가가 생겨 날 수 있다고 말한다. 그의 영화작업도 마찬가지다. 글 로 쓴 것을 영화로 옮길 때 가장 고민한 점이 무엇인지 묻는 물음에 뒤라스는 침묵을 재현하고 싶었다고, 살아 있는 풍성한 침묵을, 들을 수 있는 것처럼 재현하고 싶 었다[11]고 말한다. 영화든 소설이든 뒤라스의 작품은 침

---

9) 알리에트 아르멜과의 대담, 〈마가진 리테레르〉 1990년 6월, 278호, 20쪽.
10) 《뒤라스의 말》, 116쪽.
11) 《뒤라스의 말》, 133쪽.

묵과 부재不在로 채워져 있다. 바로 그 침묵과 부재가 뒤라스를 뒤라스답게 만든다. 그런 것이 불편해서 혹자는 뒤라스의 작품을 거북하고 지루하다고 말하기도 하고, 고다르처럼 그런 뒤라스의 작업을 "아름답다"고 평하기도 한다. 독서에 한 가지 길만 있는 건 아니니 어떻게 읽어도 좋을 것이다. 읽다가 포기하면 또 어떤가. 치밀하고 정연한 플롯에 대한 기대는 접어버리고, 인물들의 머뭇거림과 망설임을 읽고, 저자의 침묵을 가늠하고, 글이 그려내는 이미지를 오래도록 바라보고, 작품 속에서 권태롭게 흘러가는 시간에 맞춰 느릿느릿 나아가보는 것, 이런 것들이 뒤라스를 읽는 방법들이 아닐까 싶다.

2023년 3월
백선희

뒤라스의 그곳들

첫판 1쇄 펴낸날 2023년 4월 7일

지은이 | 마르그리트 뒤라스·미셸 포르트
옮긴이 | 백선희
펴낸이 | 박남주

종이 | 화인페이퍼
인쇄·제본 | 한영문화사

펴낸곳 | (주)뮤진트리
출판등록 | 2007년 11월 28일 제2015-000059호
주소 | 서울시 마포구 토정로 135 (상수동) M빌딩
전화 | (02)2676-7117 팩스 | (02)2676-5261
전자우편 | geist6@hanmail.net
홈페이지 | www.mujintree.com

ⓒ 뮤진트리, 2023

ISBN 979-11-6111-117-9 03860

* 책값은 뒤표지에 있습니다.